上海三联书店

上海诗词

上海诗词系列丛书

二〇一九年第一卷·总第十九卷

上海市作家协会／主管　上海诗词学会／编

上海诗词学会第七次会员代表大会暨七届一次理事会决议

上海诗词学会于 2019 年 5 月 12 日召开第七次会员代表大会，与会代表应到 92 人，实到 71 人。会议听取并审议了《上海诗词学会第六届理事会工作报告》《关于修改〈上海诗词学会章程〉的说明》。与会代表以投票方式选举产生了新一届理事。

随即举行的七届一次理事会，应到理事 75 人，实到 62 人。理事会以投票方式选举产生了第七届常务理事会成员。胡晓军当选为会长，汪涌豪、杨绣丽、徐非文、孙玮当选为副会长。胡晓军会长提名杨绣丽为法人代表，提名孙玮兼任秘书长。与会常务理事投票表决通过，并向理事会公布，取得同意。

会上宣读了中华诗词学会发来的贺信。上海市作协党组书记、专职副主席王伟，市作协党组成员、专职副主席、秘书长马文运莅会讲话，他们对上海诗词学会过去五年多的工作作了高度肯定，对今后五年的工作作了重要指示。

本次大会，是上海诗词界认真学习贯彻党的十九大精神，贯彻落实习近平新时代中国特色社会主义思想，紧密围绕繁荣发展中国特色社会主义文化这一主题，总结经验、发扬斗志、团结鼓劲、继往开来的一次会议；是认真学习贯彻第九次上海作代会精神，贯彻落实市委书记李强关于用好用足三大文化资源，打响"上海文化"品牌，加速推进国际文化大都市建设和实现卓越的全球城市愿景下召开的一次会议。大会的召开，必将对全市广大诗词创作者、研究者、爱好者共同"推动中华优秀传统文化创造性转化创新性发展"产生积极而深远的作用。

与会代表通过讨论，达成共识，建言献策。大家一致认为，在党的十九大明确提出"中国特色社会主义进入了新时代""坚定文化自信，推动社会主义文化繁荣兴盛"的宏伟战略目标背景下，传统诗词事业面临着前所未有的良好发展机遇，诗词创作研究工作者肩负着责无旁贷的文化历史使命。一个诗词艺术的蓬勃发展期已经拉开序幕，大量关于诗词繁荣发展的事业需要我们去探索和追求，一批年轻有活力的诗词创作研究工作者也在这个充满生机的新时代里茁壮成长起来。相信通过广大会员的努力，在党和政府以及社会各界的支持下，上海诗词界必将涌现出更多体现新时代精神、展示国际文化大都市特点、反映广大人民心声，融思想性艺术性可读性于一体的精品力作；必将涌现出更多凝聚现实思考和实践总结，反映诗坛现状、展望事业未来，融学术性指导性实践性于一体的理论成果，为国家文化软实力的提升、为上海国际文化大都市的早日建成，为迎来中华民族的伟大复兴作出更新、更大的贡献。

上海诗词学会
2019 年 5 月 12 日

上海诗词学会第七次会员代表大会暨七届一次理事会决议

普天同庆

庆祝中华人民共和国成立七十周年
"普天同庆，中国梦圆"藏头诗

"千山万水"征稿选登

诗国华章

吴泾春早

迎春咏唱

海上诗潮

目录

3

风云酬唱

元旦抒感

雏凤清声

霜林集叶

九州吟草

云间遗音

观鱼解牛

普天同庆

庆祝中华人民共和国成立七十周年
"普天同庆，中国梦圆"藏头诗

● 茆 帆

普天同庆绝句

普被慈云沐法身，天风海色洗纤尘。
同心幸事真堪祝，庆共同龄七十春。

中国梦圆绝句

中华固有文明颂，国土情深四大恩。
梦小康都成锦绣，圆明朗月满乾坤。

● 胡中行

同题步茆帆兄韵

普陀暖日照金身，天气宜人净浊尘。
同道同行同畅咏，庆丰庆岁庆长春。

藏头一律

普降甘霖泽九州，天清气爽一望收。
同袍驶得船正道，庆岁赢来人远谋。
中有初心定风骨，国无纤祸赖兜鍪。
梦牵五谷丰登日，圆月当空遍地秋。

● 徐圆圆

同题步韵茆帆先生

普得博文约礼身，天青海晏净无尘。
同心诗写中华颂，庆典从来皆好春。

中国梦圆绝句

中行礼义恭良俭，国泰民安万象春。
梦笔生花开胜境，圆通二字写成真。

国庆七十华诞普天同庆中国梦圆藏头诗

普

一

普照神州足艳阳，天空旗耀五星光。
同仇曾灭凶残寇，庆慰终迎理想乡。
中省有为皆雨顺，国容无处不花芳。
梦追七十年难舍，圆此还须干一场。

天

二

普洱陈茶沏一壶，天涯酬唱乐何如。
同心难忘披荆日，庆典重温建业初。
中有激情方奋发，国成大厦可安居。
梦能造境非虚幻，圆后终看史笔书。

同

● 胡晓军

普天同庆中国梦圆

庆

普插红旗山与川，天时地利动坤乾。
同君昔握一双手，庆岁新生七十年。
中夜诗成终觉浅，国情民奋正朝前。
梦圆当在新时代，圆梦时分人岂眠。

● 孙　玮

庆祝建国七十周年藏头七律一首

普洛米修传圣火，天教九域起风雷。
同怀醒我蜷龙志，庆问㿻民饥雀哀。
中土谁听一声唱，国门今向八方开。
梦随丝路平沧海，圆魄清晖大道来。

● 姚国仪

普天同庆

普雨调和润九州，天南地北喜丰收。
同歌一曲新中国，庆贺生辰七十秋。

中国梦圆

中兴之路亦艰难，国有英才挽巨澜。
梦到天河星灿烂，圆成恰似月团圞。

● 朱　枫

藏头诗

普洱一盅聊代酒，天公我请共分茶。
同尘静影怜流岁，庆善弦歌遍海涯。
中宇云开万里处，国旗风展五星花。
梦中双岸融和日，圆月天心映大华。

● 陈洪法

普天同庆中国梦圆藏头一律

普淋甘雨涤乡愁，天意光风霁月浮。
同驭航船行彼岸，庆欢福祉泽神州。
中华百族从龙跃，国运三生使命酬。
梦想自当真勠力，圆成功德富强谋。

● 黄伟一

七律

普济缤纷气象真，天怜青戊早回春。
同期雨细吹庭绿，庆有风来逐日新。

中府学思漫五岳，国情知信接星辰。

梦牵百姓民生路，圆我根基渐入神。

乙亥春，杨浦大桥下七千余户旧式民居有望旧改，百余工作人员九进九出，走访落实，学思用，知信行，不忘初心，以担使命，力推最大民生之实现，献礼建国七十周年。

● 欧阳田军

普天同庆中国梦圆七绝八首

一、写沧桑

普通生活又何妨？勤勉持家笑语扬。

莫道浮云追日月，得来雅句写沧桑。

二、为众生

天下为公大道行，男儿有志意纵横。

仰观先烈增心志，改革创新度众生。

三、气象新

同祝中华气象新，安居乐业友为邻。

和平富庶今朝好，不忘初心更有神。

四、硕果香

庆贺声声韵味长，今朝祖国换新装。

劝君拼搏留光驻，一分耕耘硕果香。

五、自宁安

中年信步笑容欢，心似平湖莫起澜。

毅志岿然终不悔，怡神养性自宁安。

六、万叶舟

国庆欢歌几度秋，喜看朗日照神州。

复兴伟业民心聚，绿水青山万叶舟。

普

天

同

庆

七、志可酬

梦有情怀欲上楼，登三迈五爱新秋。
如今我辈逢盛世，克难攻坚志可酬。

八、白发归

圆影圆时蟹正肥，百般红紫斗芳菲。
此身难得逢盛世，献了青春白发归。

● 张玉梅

一箭七星贺祖国七十华诞（藏头）

一

普罗期七十，天外起狼烟。
同我雄狮吼，庆谁虎爪蜷。
中州犁沃土，国际拨和弦。
梦至九霄上，圆蟾星箭船。

二

普恩七十年华诞，天外翛然起瘴烟。
同我雄狮声怒吼，庆谁纸虎爪空悬。
中州礼乐能成器，国际和平巧拨弦。
梦上九霄云汉里，圆蟾一箭七星船。

2019 年 6 月 5 日 12 时 06 分，我国在黄海海域使用长征十一
号运载火箭，成功完成了"一箭七星"海上发射技术试验，填补
了我国运载火箭海上发射的空白。

● 刘鲁宁

夜游浦江（藏头）

中夜星河万朵莲，华光流洒到人间。
梦时景象醒时现，圆魄在江江在天。

记改革开放四十周年（藏头）

中华大地换新天，国富民康不羡仙。
梦幻卌年非是梦，圆心同聚更驱前。

习近平同志指出："只要我们把政治底线这个圆心固守住，包容的多样性半径越长，画出的同心圆就越大。"

阅兵时见歼 20 飞过（藏头）

中天呼啸壮，国器逞英姿。
梦想多艰砺，圆之在此时。

记杭州湾大桥通车（藏头）

中洲挥彩带，国土更通途。
梦里常思见，圆时欲疾驱。

观电影上甘岭有感（藏头）

中华何可辱，国难奋戎装。
梦里无他索，圆圆一小章。

记中国南苏丹维和部队出征（藏头）

中华自古多豪俊，国士长歌赴四方。
梦里妻儿犹觉远，圆天皓月似家乡。

记首届中国国际进口博览会（藏头）

中秋开四叶，国展客商喧。
梦寄申江月，圆亏共一樽。

普

天

同

庆

● 王丽娜

中国梦圆兼端午感怀

中江竞渡千帆动，国运文风趁盛时。
梦起苍穹山海处，圆情铸彩亦成诗。

普天同庆中国梦圆兼文化自信感怀

普照羲和皆暖意，天风海月九州光。
同怀万里诗心美，庆是千年赤地芳。
中调长文传四域，国情家训著邻乡。
梦周已渡桃源路，圆了民生正小康。

普天同庆

普通小院农家乐，天外田边对唱歌。
同醉七旬同祝寿，庆他年景正清和。

中国梦圆

中间多少行人乐，国富仓丰是小康。
梦里诗书吟不够，圆融一曲正华章。

● 王家林

藏头诗

普通村寨俩娇娃，天下无双姐妹花。
同考高分上名校，庆云好雨贺农家。
中华灵秀龙含玉，国运昌隆凤吐霞。
梦拓宏图敷海内，圆圆皓月照天涯。

上

海

诗

词

● 陈繁华

普天同庆

普洽奠安声渐威，天开日转复生辉。
同方七十惊环宇，庆赖康强已奋飞。

中国梦圆

中原践实脱长贫，国祚逢昌励富民。
梦到初衷期一诺，圆成盛治再从新。

普天同庆中国梦圆

普讯流传况幸逢，天行大义乃相容。
同纲笑纳匡时策，庆典长怀警世钟。
中道复还春信吉，国情仍续日光丰。
梦迷芯片华为出，圆象鸿濛五 G 宗。

● 许丽莉

医道（藏头）

普济苍生为己任，天将重担降家田。
同曾开地千千杏，庆已成林七十年。
中诊传承多创举，国人体魄愈康延。
梦中轻拭青囊泪，圆了岐黄梦更圆。

● 黄福海

藏头诗普天同庆二绝

一

普世霑清露，天心月正圆。
同侪聚今夜，庆笑鼓繁弦。

普

天

同

庆

二

普照临华域，天高丽日红。

同舟怀往昔，庆寿赞英雄。

● 杨毓娟

藏头诗七绝二首

一

普照春光四十年，天机善握竟前贤。

同心逐浪融媒体，庆绘神州锦绣篇。

二

中华今又起新程，国运腾飞世界惊。

梦载初心推改革，圆融潮涌更前行。

● 李建新

国庆七十周年赋藏头诗二首

一

普降甘霖草木滋，天涯海角共欢时。

同迎七十年华诞，庆贺高吟奏凯诗。

二

中华儿女喜滋滋，国富民强会有时。

梦正同追还共祝，圆圆满满写成诗。

● 董佩君

中秋月

中秋四海月悬空，国盛千家酒醉翁。

梦里笑声惊玉兔，圆光似镜淡烟笼。

● 喻石生

庆贺新中国成立七十周年（藏头）

普率扬红帜，天时助展襟。
同怀迎盛举，庆色复豪吟。
中外盈生意，国家齐好音。
梦随肝胆壮，圆满合初心。

普率，普天之下；庆色，喜悦之色；中外，指表里。

● 孙晓飞

普

普天同庆

天

普法开源七十年，天翻地覆创新篇。
同经风雨攻艰路，庆典相逢绪万千。

同

中国圆梦

中原逐鹿霸春秋，国运民生几度愁。
圆月今宵同展望，梦魂谁不系神州。

庆

● 刘笑冰

普天同庆中国梦圆

普闻哀遍野，天谴寇狂骧。
同辙苦征战，庆云当护持。
中原驱虎豹，国界镇旌旗。
梦醒狮雄立，圆蟾皎若斯。

● 张立挺

普天同庆

普照赪阳大地红，天涯万里起春风。
同擎玉盏酬家国，庆语全融美酒中。

11

中国梦圆

中兴华夏看今朝，国运蒸蒸热气高。
梦寄宏图望远景，圆方巨变我称豪。

普天同庆中国梦圆

普洒赪阳万道光，天涯无处不芬芳。
同收恩典齐天地，庆赏诗文比宋唐。
中土千秋歌丽曲，国风一卷耀华章。
梦追仙境神州地，圆遂蓝图百业昌。

● 刘永高

普天同庆中国梦圆

普救生民碧血尝，天开曙色晏穿苍。
同风九域罡星焕，庆日千秋世运昌。
中夏振兴逾后汉，国情擘画胜前唐。
梦行壮丽鹏抟翼，圆梦家山迈小康。

世运，旧指国家时代盛衰治理之运气；同风，风俗教化及风格相同；中夏，即华夏，中国。

● 胡　斌

心声（藏头）

普淖丰登仓廪足，天涯海内筑升平。
同舟共济从容渡，庆吊不通辛苦茕。
中曲无凭依角引，国谋已定望麾行。
梦魂长寄复兴志，圆魄清秋五岳明。

普淖，指黍稷，泛指五谷；角，古代五音之一。

"千山万水"征稿作品

● 褚水敖

中国晨吟

七十韶光总动襟，风华满国望当今。
山河明目新霞闪，人物生辉瑞气临。
铭记初心回味久，远谋长路静思深。
欣观晓日增鲜丽，正照彤彤赤子心。

● 胡晓军

国 歌

诗成危难际，曲奏抗争心。
先领一雷动，齐催万马喑。
起来求解放，富裕正追寻。
时刻感深意，当于盛世吟。

七十年来

七十年来七十春，每逢十月最怡神。
天安门上话犹彻，南海湾头歌也亲。
非是吾心偏忆旧，唯因国运又更新。
今宵明月好风习，成我中华美梦真。

满江红 访延安枣园并贺
中华人民共和国成立七十周年

迷雾冰风，遮不住、枣园本色。窑洞里、纺车粗线，犹存印迹。遥想芒鞋征万里，等闲鏖战擎椽笔。会师处、恰壶口黄河，秦天碧。　　廿八载，艰苦历。家国事，堪歌泣。引五湖志士，万千齐集。游击百团驱日寇，指挥三役歼顽敌。铸精神、从此照神州，中华立。

普

天

同

庆

13

● 姚国仪

贺国庆七十周年（组诗）

一

当年襁褓裹啼婴，见证新中国诞生。
七十春秋兴伟业，初心不改迈征程。

"啼婴"，上海解放之日，余尚未满周岁。

二

天安门上最强音，挺起腰杆直到今。
礼炮声隆九霄外，国旗耀日振人心。

三

风雨征途追梦人，一言为诺誓终身。
而今迈入新时代，福祉繁增只为民。

● 张冠城

沁园春　临港新城春潮

大道通天，长虹卧海，边镇多娇。共洋山诸岛，连珠合璧；狮城星屿，泛舟扬桡。踏浪沧溟，凌波玉宇，飞架东南第一桥。滩涂地、建良湾深港，振翼扶摇。　　当年芦荻萧萧。伴寂寞沙鸥潮打潮。忆云帆点点，危樯泊夜；渔家户户，石岸闻涛。果子林中，桃花源里，不识春秋与暮朝。今迁变、喜鲲鹏正举，腾达重霄。

浦东新区临港新城由原南汇县果园乡和芦潮港镇行政区划构成，今成东方大港和重装备集聚区。

● 张玮菁

观览白洋淀

万顷金光淀泊东，九河之水汇流中。
良田苇海交蓝绿，胜日荷塘映赤红。
风尚创新强国力，人思奉献重英雄。
歌诗最合当今世，我辈登临兴大同。

"两山"，是习近平总书记提出的重要指导思想；"多廊"、"九片"、"蓝绿"，都是雄安新区规划纲要里的特定词。

● 许丽莉

中西大医

岐黄峻道藏瑰宝，古往医司去病忙。
百草亲尝除恶疫，千方苦炼济苍茫。
横刀柳叶寻奇术，携手中西问药囊。
义胆忠肝相照护，杏林花木愈隆昌。

1958年，毛泽东同志作出关于西医学习中医的重要批示，迅速掀起西学中的全国性热潮。60余年来中西医结合临床医疗蒸蒸日上。中西医结合研究成果先后荣获诺贝尔生理学或医学奖、国家最高科学技术奖、国家科学技术进步一、二、三等奖等。

● 纪少华

开国大典

雄鸡一唱染霞天，开启共和新纪年。
西柏留言言在耳，东方拓路路无边。
千山遍洒英雄血，万水长歌壮志篇。
景仰丰碑情烈烈，而今逐梦奋争先。

普

天

同

庆

● 曾小华

心里话
观看《这就是中国》有感

矢志复兴追梦想，敢为天地著鸿章，
嫦娥玉兔探明月，航母核潜巡远洋。
高铁飞驰千里近，骧龙腾越一桥长。
只缘那句铭心话，今日中华要富强。

骧龙，指港珠澳大桥；嫦娥、玉兔，指月球探视器。

● 李锦雄

念奴娇　登高

情牵千里，素秋揽北斗，琼楼高耸。故国苍烟穷美景，一夜扶苏画梦。对酒当歌，承平日久，高启云帆颂。东风狂荡，指人间眼皆空。　　昔日东亚饥夫，英雄气短，使得人人捅。天下五雷平野寇，一石掀翻山冢。肩比千年，浮光掠影，自道公平送。祥云金世，祐中华永翔凤。

● 刘鲁宁

登上海中心大厦感怀

揽胜云间意自道，无边烟景望中收。
浦江绝好观潮处，不复当年万国楼。

● 黄俊民

新时代新职业之快递小哥

骑影匆匆迅似风，递哥载货窄街冲。
三阶两步登楼上，万唤千呼与客通。
筑梦有成皆劳燕，移山不止尽愚公。
条条道路如经脉，血液新鲜机体融。

上

海

诗

词

● 郭云财

临江仙　饮食变迁

自幼三餐掺野菜，最馋玉米馍馍。长成又盼细粮多。周周能吃肉，月月有烧鹅。　　今日谁还愁米面？鸡鸭鱼肉成箩。乡村结伴看青禾。粗粮成最爱，野菜引欢歌。

● 苏开元

满江红　国歌

义勇庄严，唤奋起、醒狮浴血。澎湃里、欺凌屈辱，正翻新页。悲壮激扬沧海水，牺牲感动关山月。救危亡、唱猎猎红旗，挥城阙。　　征邪恶，雄兵烈。理兴废，民心切。又赋新旋律，英姿谁遏？七十复兴惊世举，百年夙愿宏图烨。再长歌、励改革鹏程，从头越。

● 蔡武国

沁园春　庆祝国庆七十周年感赋

伟业辉煌，岁月峥嵘，举世颂扬。望中华崛起，高科领誉；神舟揽胜，北斗翱翔。航母遨游，核潜巡狩，新铸吴钩戍海疆。看高铁，喜纵横国土，驰骋东方。　　旌旗七秩飘飏。众撸袖、征鼙更激昂。赞丝绸新路，寰球共享；凤鹏正举，步履铿锵。不忘初心，秉持双百，伟略雄韬书锦章。新时代，鼎小康鸿业，奋起龙骧！

● 王令之

新中国七十华诞抒感

跌宕歌辞千万卷，深吟一曲越幽燕。
旧朝苦赋离殇事，今世欣谋强盛篇。
沧海平添衣带路，神州又接八方缘。
生民喜见新图起，七秩华年意灿然。

● 王怡宁

浦东新区之忆

上世纪九十年代初，我时常陪同外宾赴浦东新区参观游览。
几日不见，即觉巨变，印象极为深刻。

春来几度浦东游，初望农田入眼眸。
昔日荒郊通远道，而今茅屋化高楼。
塔尖灯火耀星夜，河上长桥代渡舟。
开放标杆惊世界，史涛翻滚大江流。

● 陈洪法

建国七十周年喜赋

龙驾曦车拂曙光，升腾紫气耀东方。
九州屹立抛穷窘，七秩兴衰夺小康。
丽日中天蒸福海，惠风盛世慰炎黄。
幸逢华辈同圆梦，举国欢歌颂富强。

神话中，太阳每天乘六条龙所驾的车子出来，西西而行，喻
为新中国东方崛起。

● 廖金碧

国旗颂

南湖方筑梦，星耀羃昆仑。
旗舞凝神力，长歌壮士魂。
胸宽同聚义，心大可旋坤。
家国情怀寄，从容耸国门。

● 陈康瑜

建党礼赞

雕漆铜环石库门，申城有幸沐朝暾。
依稀室内音犹在，仿佛杯中水尚温。
挥臂锤镰驱腐恶，围圈桌椅定乾坤。
流连会址家园里，不忘初心步紧跟。

● 吴祈生

普

盛世修志

天

小序：上海是中国近代机器工业的发源地。1988 年我有幸参
与编纂《上海机电工业志》一书，历时七年完稿，1996 年出版发
行。全志记述了上海机电工业，从 1865 年到 1995 年间一百三十
年的发展历史。身为上海工人阶级队伍中的一员，谨以此诗献给
中华人民共和国成立七十周年。

同

碧水蓝天盘雪翎，晴窗纵笔写专经。
百年烟雨江南画，四秩风光海上星。
蚂蚁搬家歌气骨，凤凰飞舞见精灵。
昔时编撰今头白，一部收功附汗青。

庆

"专经"，指《上海机电工业志》一书。"江南"，指 1865 年建
立的江南制造总局，它是中国近代机器工业的起点和源头。"蚂
蚁"，指上海工人"蚂蚁啃骨头"的精神和事迹，陈毅有诗颂之。
"凤凰"，指上海制造的第一辆"凤凰牌"轿车，开创了上海制造
轿车的历史。

● 汤　敏

高阳台　日子
欢庆共和国七十诞辰

岁月如流，鬓间已染，星星点点秋霜。记忆如
烟，那年布置婚房。一张沙发成奢望，马良穷，羞
涩空囊。累夫妻、角角分分，盘算钱粮。　　迎来
华夏丰收季，听黄鹂鸣唱，茉莉花香。几度搬家，
也添华丽居装。悠闲小住农家乐，画几番、绿野红
蔷。恋栖霞、诗话缠绵，心海汤汤。

19

● 陈 波

受聘建国七十周年方志编纂

今朝复出性情真，豪气盈腔快此身。
把卷长台陈大事，持鞭弩马恋沙尘。
钩沉幸见旋坤手，志史欣逢匡世鳞。
莫笑廉颇身已老，深歆追梦远行人。

诗国华章

【吴泾春早】

● 褚水敖

吴泾七律二首

樱 花

谁织春光装古镇？新樱着意散芳馨。
纷纷恰似云游水，密密欣然气满形。
森马踏香观世界，古塘染色丽门庭。
一从热土东风后，花识人心放更灵！

森马，著名服装企业，已走向世界。

江 湾

浦江于此展和颜，奔至吴泾第一湾。
依旧清波呈荡漾，从新大势作休闲。
应垂直处宜垂直，该转弯时即转弯。
大块文章大笔写，长留曲折在人间。

● 胡晓军

己亥春初访吴泾镇

之一·春到浦江第一弯

全然不似梦中游，三月晴光不胜收。
柳发紫园风线袅，樱开金谷雾香稠。
返虚入浑诗成品，积健为雄功待酬。
歇浦从来多折曲，只于此地打金钩。

之二·春到南苑邻里中心

行遍闵行十四镇，宜家最是在雄湾。
春华已与才华合，白领纷朝金领攀。
学院幽深多励志，社区和睦俱开颜。
小城故事曾纷扰，今付杯茶谈笑间。

上

海

诗

词

之三·春到紫竹科技园

相邀不是话桑麻，所见皆非旧厂家。
时尚流行潮有致，高科创造际无涯。
镇中改革型方转，网上互联商复加。
青竹舞低现紫竹，樱花放遍是莲花。

● 杨绣丽

吴泾诗二首

一、森马

森立滨湾望碧水，马驰千里跃心随。
浦江泾彩新装展，领域名牌日月追。

"森马"，指森马服饰集团。

二、邻里中心

塘泾南苑相邻睦，植茂春浓绿满庭。
健体坊间怡肺腑，微书房内沁芳馨。
和谐党建歌乡恋，温婉莺鸣绕画屏。
携手不分年幼老，云岚万象似诗经。

● 姚国仪

吴泾镇

夹岸柳垂青，依依拂小亭。
银樱树听雪，金领谷观星。
大道通三楚，一湾连四泾。
谁人执征辔，森马不曾停。

塘泾南苑邻里中心

和睦结芳邻，芳邻胜远亲。
道途无数绿，村落一番新。
事业齐图治，襟怀只为民。
乐居良可喜，仰仗领头人。

23

● 李建新

赞塘泾南苑邻里中心

移居此处可延年，邻里中心共乐天。
穿树燕莺歌婉转，健身翁媪舞翩跹。
新芽绿吐原生态，繁蕊红描锦绣篇。
同享和谐留醉意，先圆好梦到诗笺。

赞浦江第一湾

三月春风上海滩，踏青吟句共清欢。
浦江之美收全景，长卷先看第一湾。

● 孙 玮

新吴泾印象

樱花三月风微软，又见吴泾草色青。
紫竹园深藏土豆，虹梅道阔育新星。
浮云说笑推森马，铁翼垂升铸剑翎。
我有复兴中国梦，申江敢叫侧身听。

满庭芳 己亥春日再游吴泾

痴草凝烟，恨樱吹雪，几时春过吴泾？恍然当日，铅火裂铜瓶。听惯轮车震吼，柳风腻，氯碱横倾。刘郎老，归来十载，再到已堪惊。　　相迎。邀故友，商飞探月，森马追星。看抖音争宝，微软传经。谁叹沧桑幻变，不曾见，岁岁营营。申江疾，争流北上，推我缚长鲸。

● 邓婉莹

过吴泾

春风一笑到南郊，云影天光觑柳梢。
银辔煌煌马逐梦，金翎赫赫凤来巢。
登楼闲忆霓裳秀，闻笛遥看雪浪抛。
瘠土谁言花不嫁，幽兰如钥已含苞。

"马逐梦"，谓森马集团，亦化用海子诗句"以梦为马"；"登楼"，浦江第一湾公园里有红楼，曾举办时装秀；"闻笛"，汽笛声也；"幽兰"，公园里有兰香湖在建，状如钥匙。

有　感

第一湖望第一湾，人工天巧此心闲。
飘飘两翼扶摇上，圆梦华胥更待攀。

两翼：科技与时尚。吴泾镇为科技时尚小镇。

● 董佩君

春游浦江第一湾

二月樱花始盛开，缘何未见燕归来。
凭栏浪涌东流去，举目舟行北折回。
黄歇兴龙丰富泽，紫园引凤聚贤才。
古今代谢江山秀，莫学严光隐钓台。

清平乐　金领谷春景

樱红柳绿，楼影浮金谷。碧水桥横幽径曲，未见闲人驻足。　　雨丝润物谁知？春回百姓扬眉。何处堂前笑语，犹闻十里莺啼。

诗

国

华

章

吴泾印象

樱桃河左浦江西，蕊杏含春柳拂堤。
紫竹园携金领谷，氯碱地变白沙泥。
且随虚拟高科技，直上青云百度梯。
何处农家非梦境，赫然赛过武陵溪。

森马印象

小河有水大河满，森马精神育匠人。
整合资源频发展，弘扬事业屡征询。
风格独特童装俏，时尚潮流款式新。
金盏酒酣何足问，辉煌再创万年春。

● 王　玥

吴泾有感

一

柳色青青小路遥，落花弥漫半身腰。
云光晓色前程锦，鸟过风香数里桥。
科技如今日新屹，高楼忆昔看层标。
吴泾岂是当时地，倚听江声拂绿蕉。

二

又是人间四月时，蓝田翠玉柳生丝。
何妨身作南飞燕，结伴春风落满枝。

三

春风衔起百花来，森马驰飞万树开。
众盼齐心育成果，源江荐引栋梁材。

上

海

诗

词

● 许丽莉

吴泾印象

暖风三月吴泾过，王谢春申第一湾。
杏柳迢迢垂绿岸，桃梨朵朵望青山。
旧曾渡口无灰影，昔日烟笼去紫颜。
科技迎头时尚领，睦邻携手入新寰。

金领谷

闻得吴泾源总角，化工重镇雾茫茫。
今朝故地寻房厂，去岁新颜换束装。
紫竹谷中金领梦，粉樱树下彩衣塘。
高科林立争春意，深驻乾坤绽耀芒。

诗

国

华

章

【迎春咏唱】

● 吴定中

贺新年

时轮行戌亥，连轴庆华年。
一自开云日，重看变海田。
同畴欣沐雨，在杞乐忧天。
笑入龄高网，无羁即释然。

● 章人英

戊戌岁末咏怀

早岁当知万事空，一生闯荡水云中。
百年历尽沧桑变，枫叶经霜晚更红。

● 纪少华

过　年

东君除夕到，子夜庆春回。
盛世金钟响，九州齐碰杯。

● 黄思维

元旦口占

钟声辞旧夜空传，梦觉吟窗欲曙天。
日以河山换新貌，小诗聊且记行年。

● 洪金魁

迎新春

改革辉煌中国年，九州黎庶舞翩跹。
宏图伟业征程远，豪雨狂风步履坚。
锻铸精魂树诚信，攀登科技跃峰巅。
欢歌对接新时代，更上层楼览大千。

● 王永明

岁　末

岁末山城腊味浓，悬鱼挂肉物资丰。
村民进出豪车亮，乡党家居别墅重。
水绕高楼宜养拙，炉围厚罩好猫冬。
咸宁即是桃源洞，现世神仙一笑逢。

注：炉围厚罩，鄂南冬季取暖用具。

● 刘喜成

沪上己亥贺春

风吹沪上已逢春，不了潮流洗旧尘。
草绿江南如水梦，联红塞北似花身。
放歌鸟闹骚音在，提月灯摇境界新。
纵使残年双鬓雪，登山犹是老天真。

● 张宝爱

行香子　新春寄语

打扫家园，张贴春联。祥云绕、开启新元。金猪送福，佳讯频传。带百分情，千番喜，万般欢。
笑迎佳节，真诚祝福。愿友朋、康泰长安。吉祥美满，万事皆圆。共享天伦，尽心意，乐人间。

● 施提宝

己亥年新正感赋

东风漫舞拂红尘，旭日晴空暖在身。
故国戌年多盛事，亲朋亥岁更精神。
三杯腊酒堪辞旧，一阕拙诗诚贺春。
但愿承平天护佑，安康长寿久延臻。

诗

国

华

章

29

● 李学忠

满江红　新年感怀

浩荡东风，新年到：良辰佳节。倾悦唱：炫华光耀，煦阳景绝。带路繁荣群友惠，扬清激浊开鸿烈。看今朝，紫气向东来，乾坤热。　　客岁事，难忘页：迎挑战，坚如铁。面强权威逼，似山昂屹。筑梦前行何惧险，擎旗奋进频传捷。东风唤，彩笔绘宏图，吟新阕。

● 张冠城

亥年新正开笔

一

旧年过了又新年，血透生涯哪有边？
且把沉疴谈笑去，依然春色艳阳天。

二

记得周期不计年，余生半在病床边。
此心不改春江色，共与沙鸥向海天。

● 何全麟

己亥迎新

犬吠申江跃九冬，猪眠茅舍梦春风。
腊梅初绽横疏影，急雪回旋绕舴篷。
水绿山青迎盛世，云蒸霞蔚颂苍穹。
莫愁迈步杏坛晚，偏爱半庐斜照红。

上

海

诗

词

● 吴祈生

春 望

瑞雪盈门送晚冬，寒梅绽放焕霞虹。
胜情砚笔诗文秀，照眼灯笼岁月红。
一草一花迷野兴，半晴半雨恋青空。
余生早把心中愿，写入春联寄蕙风。

● 娄启炎

元 旦

春晚豪歌终岁去，张灯结彩入屠苏。
明天便是新年客，万户千门贴吉符。

诗

国

华

章

海上诗潮

● 陈鹏举

金声新著金声长物出版三首

一

病梅老柏似前贤，澹简斋中乞问年。
总是秋风吹不去，教人记取落花天。

二

今时那得旧时贤，流月长沟又纪年。
忽有金声能振玉，几回独醒几更天。

三

聆君自笑亦非贤，此意飘零吹笛年。
剩与青山论故旧，浅斟看月过中天。

偶 作

冬听雨雪夏听风，命与繁星盘石同。
三寸毫芒存一念，十分心力角群雄。
略无往事清能记，竟有归途迷不通。
六十年华似流水，那知流水复匆匆。

跋大千付丛碧先生书

有时猿鹤等虫沙，煮酒青梅身是家。
三十年知同梦寐，一飞鸿觉各天涯。
歌酣丛碧红牙曲，泪下大千旧雨花。
素嫂芭蕉悉犹在，年年绿上北窗纱。

● 刘永翔

感　怀

一

好注虫鱼世所轻，自知青史定无名。
平生一事差无憾，曾入鸿儒月旦评。

二

检点名山业不丰，老来深愧负吾翁。
誉儿莫怪他人笑，附骥前贤著述中。

家君诗云："誉儿莫笑王家癖，曾入梁溪巨眼来！"

己亥正旦作

老退真当卧一丘，衰龄七二更何求？
深怜亚父怀奇计，颇怪侯生与密谋。
成败人间难预卜，兴亡天下莫先忧。
苍旻倘锡余年富，闲看群贤理九州。

亚父、侯生，二人皆年七十。

咏　鹤

一声唳破九皋幽，疑是丁威念故丘。
处士妻梅梅是母，仙姬跨凤凤堪俦。
甘同鸡伍高人态，常共猿倾君子愁。
何日负予冲碧汉，扬州不上上瀛洲。

项王祠在和县太白墓在当涂今俱属马鞍山市

唾壶且击大江东，遥祭诗魂与鬼雄。
白也千篇传万口，虞兮一曲泣重瞳。
夜郎枉脱仙人谪，昼锦终令霸业空。
后世漫夸留胜迹，当时到此是途穷。

● 齐铁偕

望天马山初雪

青山坐对读书房，相看相娱无异常。
我笑青山今白首，青山笑我鬓先霜。

咏　枫

晓月含辉映浅沙，白云消散万人家。
长溪十里西风至，一树红胜一树花。

古镇与友对饮

泪痕酒渍点层层，将老未衰奚足矜。
说到风云无尽处，谁家帘落上初灯。

雨中望回雁峰

大雁南行此地回，翠屏百里裹轻雷。
祁连飞雪衡山雨，飘落洞庭无复来。

● 王铁麟

读褚帖

袭汉遑成汉，西京替洛城。
韵追王逸少，笔散六朝盟。
暮色寻灯远，重山赖碧深。
阴符疑墨在，天地一朱横。

上

海

诗

词

己亥正月题友人摄南极鲸游照

人寰分两极，朝夕自轮辰。

冰凌翻鲸尾，喷花三头真。

恂恂组列过，舟独目珍珍。

汝自招吾近，吾亦启吾唇。

人类多不测，汝幸长有春。

水净海天阔，浩缈宇宙身。

今行虽不语，吾当知尔陈。

默默相致意，款款互通神。

何时复重见，相欢又一轮。

有忆兼示诸楳台

秋光今夕正娟娟，灯下弦歌立雪篇。

笑谓弹词非宋韵，宜将纪事卜清贤。

居高始信鸥翔阔，摘桂无惊月隐玄。

江海溯回三万里，缘蹊重吟五千年。

前六十年代范师祥雍先生曾哂余词为"苏州弹词"；陈师子展先生询"近读何书"？余以《唐诗纪事》应，先生嗔呼"易清陈田《明诗纪事》"。

● 蔡慧蘋

养云安缦二章

鹊桥仙　半蜗品茶

时来霜降，桂香迷漫，浓焰烧空奇丽。流星满地问阿谁，有心结、今年何岁？　　蜗居小小，素衣低语，款款乌龙茶礼。舌尖唇里尽留香，恍惚是、儿时情味。

苏幕遮　夜宿养云安缦古宅

步回廊，穿小径。翠拥青砖，乌木门楣进。照壁转过须再省，华厅高轩，不是当年景。　　雨迷蒙，秋意冷。不染尘埃，长啸无人应。倚枕何妨长夜静。铁索长环，引水声声听。

大奇山日记

行香子　富春葫芦洞舟行夜归
一线清澄，天目山萦。急匆匆，南北纵横。葫芦水碧，拍岸心惊。看雾烟飞，远山暮，近山青。
江流千古，依旧奔腾。晚霞红，波荡金橙。鱼龙寂寞，机艇声声。只今朝风，明朝雨，早潮更。

长相思　森林公园万竹园
听溪声，听叶声。小径琅玕斑驳更，风疏凉亦生。　板桥青，天池青。前壁云阶铁索行，晶莹帘下轻。

● 姚国仪

戊戌冬至

每逢是日不胜哀，南望坟台祭一杯。
故里湖山多寂寞，他乡雨雪阻归来。
经霜白发垂垂老，向晚黄花默默开。
曾共慈亲守长夜，只今惟在梦中陪。

脩竹

劲节深根不折腰，高竿茂叶见清标。
春风吹过山间舞，冬雪漫飞分外娇。
纵使百花俱败落，依然四季未枯凋。
只今老去何其幸，我有青枝杖一条。

春分即事

我是闲云任卷舒，春风桃李醉吟馀。
一痕新绿添窗景，几缕斜晖半屋庐。
空寄八行疑隔世，莫教双燕问当初。
何时青鸟穿林出，此去仍传海上书。

● 刘永高

探芳讯　玉兰谢后作

有谁晓，盼玉兰花明，奈何生恼？惜先前照眼，丰姿放情笑。那堪昨夜东风乱，肆逼芳魂掉。乍翛然、顷刻凄迷，壮观缥缈。　　落瓣惹思扰。复远忆天涯，人境咸老。五十三年，更心绪、算多少？浩茫时序难违也，只遣韶光早。忒阑珊、梦里空浮美劭！

南歌子　沪西南二拾

过金泽镇

泖荡千秋月，人烟四气渔。泽边间里水连湖，都是川流桥影拱民居。　　土俗谙今古，乡音悉越吴。风情领略有船租，想见寿龟百八十年躯。

有说金泽上塘街某古宅五代人饲养一只180余年寿龟，可惜匆履，未得如愿一瞻。

初行黎里

行逐吴江外，泊归黎里边。梨花村落旧踪残，驳岸人家生息稻粱川。　　诗境袁枚句，水乡鲁迅篇。此回信步景观间，更妙缆船石上镂当年。

到黎里，嵌砌驳岸边二百余缆船石桩不可不看。石上雕饰众多鲜见人文故事，未泯老镇数百年之风情。

法曲献仙音　西溪芦雪

湖墅苍茫，水声环绕，欸乃舟飘河渚。骋目秋残，醉心风滚，芦花荻絮飞舞。赖荡漾增游兴，船娘缓轻橹。　忆梅淑，念桃皋，莫如今旅。萧瑟对、皤发也佳情绪。野鹜憩荒洲，不趋人、何必惊去？曲岸孤庵，借登楼、旷寂邃古。更芦风掀浪，一跃凌空双鹭。

● 陈铭华

迎新兼寄友人

匡居盛世乐清平，寄兴林泉意趣盈。
流水高山无俗志，人间岁月感真情。

旅次成都口占

西去蓉城万里长，而今蜀道似康庄。
缘悭子美门前过，诗史遗风久愈香。

● 龚伯荣

元　夜

元夜寻他去，时逢雨水重。
枝头留月影，江畔露华浓。
小巷声声闹，长街点点红。
花灯何处是，就在豫园东。

和梅乐兄

己亥新年，贺岁吟春。诸诗友微信传书，隔空唱和，诗意闹春。

雪夜无声岁已阑，临风金曲破清寒。
新朋抒写风流韵，老友情书笔墨殚。

指点知音言幸会，心存美意道平安。

寻词觅句依平仄，喜作新诗赋大餐。

故乡游

己亥春日，龚家后人再聚家乡。兄弟姐妹又一次相会于海上瀛洲，欢聚一堂话春秋，传承百年家族情。谨以"故乡游"记之。

春风唤我故乡游，聚会瀛洲锦绣楼。

少小曾经童子闹，而今已是老夫悠。

香醇米酒崇明味，浓郁乡音岁月稠。

自古传家耕读事，吟诗寄语寸心留。

清平乐　网上读图

光阴纷扰，一晃人生老。网上读图开口笑，那是童年所好。　　男孩落弹神功，女儿踢毽情浓。遥忆少时欢乐，而今只在心中。

● 王家林

望海潮　登辽宁舰航母

今年4月23日，是人民海军成立七十周年，我海军将举行海上阅兵，并有多国舰艇前来参加活。我曾在海军服役，曾有幸登上辽宁舰参观，故特填词以贺！

金秋时节，恢宏军港，欣迎偌大方舟。新亮舾装，飞行甲板，尽收百丈航楼。旗舞彩云稠。列队站坡口，军乐箜篌。肩并须眉，英姿飒爽，竞风流。

舰舱探秘通幽。有舷梯纵列，廊道深兜；迭翼战鹰，平台升降，往来如履平丘。得道总相酬，正气冲斗牛，天佑神州。海疆主权神圣，亮剑可封喉。

"航楼"，航母指挥、导航高层建筑；"站坡"，为海军舰艇部队隆重礼仪，凡重大节庆、受阅或出访抵港，官兵皆列队于层层甲板。"肩并须眉"，航母上的女水兵；"迭翼战鹰"，机库内的战斗机由升降平台进出，皆迭翼排列，以节省空间。

宜春温汤镇

一、温汤镇

不到宜春那有诗，温汤古井悔来迟。
消魂玉水酥心骨，好句吟来让尔痴。

二、赠友君

潇潇细雨挂檐廊，对对夫妻泡濯塘。
唯有宜春天赐水，洗君肌骨治君伤。

登明月山

忽晴忽雨上岚峰，半雾半云山叠重。
脚下板桥看不见，柳杉林里鸟啼浓。

明月山青云栈道

一栈飞横峭壁边，千山握手白云前。
风鸣雨密心惊骇，巉耸阶高护栅悬。
泉瀑半挂飘五谷，妙龄滑索跃蓝天。
奇峰险壑谓真绝，平步青云若梦牵。

明月山有五大瀑布：飞练、玉龙、玲珑、鱼磷、云谷。

● 黄　旭

应照诚大和尚索和龙华寺牡丹

一

海上龙华寺，香烟袅碧空。
牡丹花盛绽，佛祐更无穷。

上

海

诗

词

42

二

春曳牡丹风，芳飞五蕴空。
圆通观自在，合掌妙无穷。

太湖源

何处觅源头，临安三日游。
春山鸣布谷，泉水汇丰流。
可涤许由耳，能行范蠡舟。
往来诗境里，留恋意难收。

旧地重游

一

一见三桥品字身，已然同里旧时痕。
姻缘莫忘初心地，悠荡钟声是佛恩。

二

隔岸罗星晓雾蒙，轻舟眺目式微风。
飞檐翘角观音寺，飘渺真如仙境中。

清明次日

明后适逢三月三，庭园深处燕呢喃。
长街路岛花如锦，海市春风不信函。

● 邱红妹

奉和照诚方丈龙华寺牡丹

礼佛习成风，参禅见色空。
花王成道日，甘露获无穷。

海 上 诗 潮

43

题画凤凰口占一绝句

称誉鸟中王,深闺不显扬。
平时难得见,见者必呈祥。

谒杨炯祠

黛瓦山墙碧翠阴,通幽曲径故人寻。
初唐四杰一君子,载誉盈川骚客吟。

己亥春晚

亮歌欢舞展荧屏,娱乐纷呈春满庭。
除旧迎新恭守岁,精神矍铄老年青。

己亥正月初四飞雪

惊鸿一舞玉霄坤,靓丽非凡弥足珍。
知否瞬间娇影逝,皆因冬暖雨非仁。

● 张立挺

枫林诗社吟（古风）

此城名青松,耸立长江东。
岁岁迎旭日,年年沐馨风。
三春野草绿,十月霜枫红。
未识路陌陌,有缘人融融。
文章趣味异,平仄骚坛同。
才积汗水里,谊深歌吟中。
浅尝语易涩,苦练诗方工。
佳酿备妙句,届时斟千盅。

清明思双亲

最难忘却是慈颜，思念双亲心内酸。
莫道云天千里外，眼前咫尺是壶山。

壶山是我父母长眠之地。

步和胡树民同志九十抒怀原韵

风骨立身何所求，襟怀只道为民愁。
守疆万里霜如剑，巡哨三更月似钩。
解甲沙场仍战士，转犁诗苑乃耕牛。
枫林休得疑春色，一片金光醉晚秋。

浪淘沙　纪念五四运动一百周年

岁忆百年遥，烈火燃烧。学潮引领起工潮。一吼睡狮昂首日，地动山摇。　爱国大旗飘，奋我同胞。精神不灭到今朝。立志为圆中国梦，任重吾曹。

● 喻石生

立　春

立春催暖雪霜微，化雨东风已唤回。
从此随邀踏青去，不须更待一声雷。

水　仙

一

素芳涵养蓄多时，幽远心期亦可师。
绝类骚人同喜好，先开一朵最高枝！

二

芸窗伴月好幽妍，莫必群夸亦自贤。
素萼频添半瓯水，清标娴靓一丛仙。

鹧鸪天　题姑苏云鹤先生金石题跋集

快意常来天放楼，追怀古雅好潜修。文从硕彦
咸乡慕，道迈群贤孰可俦？　　欣累嘱，益难收。
纵横倚马自优游。儒林莫怪微玄赏，独爱松盦品
一流。

● 陈洪法

鸿田望月
——兼以献给崇明故里鸿田村

水绕芦洲久僻乡，鸿田望月桂初香。
迎风振翼承天佑，沐雨披襟垦地荒。
已霁寒云明美景，愿抛热血换琼浆。
当年愣目柴门陌，改换村家富丽堂。

锦绣芙蓉石雕

祥云七彩透仙山，妙手雕春未等闲。
柳绿松青风色碧，花香鸟悦水流潺。
状元及第求名就，书剑登程载誉还。
大马高头官上任，喧天锣鼓动山弯。

沁园春　崇明长江大桥

横跨东西，直上云霄，万里畅通。望长江两
岸，青纱起伏；烟波浩渺，逐浪排空。电焊工人，
吞云吐雾，敢上蓝天架彩虹。无闲等、看车船鸟
景，滚入潮中。　　春风爆绿开红。引各路游人摄

影踪。叹李仙杜圣，上天永驻；东坡安石，入地归宗。当代名家，销声隐迹，难觅知音唱颂同。传青史、咏江山壮丽，唯我诗翁。

太常引　晚月

西天明月泻秋波。照亮眼前河。对影问嫦娥。发渐白、谁能奈何？　　清风吻我，银光笑道，流水绕山坡。畅享美声歌。缓慢地、轻松渡过。

● 董佩君

观丹青宝筏展

华亭鹤舞越峥嵘，朝隐偷闲带月耕。
过眼丹青寻古韵，栖心翰墨写秋声。
诗存逸气云舒卷，画润禅风笔运行，
吾辈止观愁不及，浮尘拨去望晴明。

春联大会感赋

雪化梅开燕未旋，携童入席兴无前。
拨弦运指飞毫健，舞袖凌空映带连。
墨韵清心迷酒鬼，鼓声震耳醉诗仙。
欣逢盛世春来早，对对红联兆瑞年。

水调歌头　咏怀四十载

飞雪逗梅笑，把酒忆华年。风云四十千变，华夏展新颜。放眼山河如绣，拥抱环球海陆，巨手定坤乾。港澳五星耀，南海挽狂澜。　　启征远，百舸竞，向无前。初心未改，圆梦无忘脱贫先。鹏仰神舟探月，鲲慕蛟龙缚鳖，奇境勇登攀。望尽复兴路，砥砺越雄关。

海

上

诗

潮

永遇乐　登娄山关

春雨滋林，朝阳映壑，襟带龙舞。八十年前，硝烟弥漫，流弹飞如雨。英雄蹈火，枪林何惧，血染石台焦土。登雄关，苍松滴翠，长眠烈士无数。

摩崖壁立，诗情激荡，堪慰风云儿女。岁月无痕，青山念旧，未忘长征路。雪山草地，涛惊赤水，遵义灯明撩雾。从头越，纵然万险，等闲信步。

● 冯　如

江城子　初雪

霜风扬絮谢家楼，蕊香收，鸟音愁。百尺枯枝，赚得斛珠留。趁此瑶光须访戴。千里思，破冰流。　　江南有梦少携游，忆珠喉，暗凝眸。何年共赏，激赋对琼州。一片寒城飞玉屑，抛旧绪，立春谋。

重游绍兴三首

沈　园
小园重踏柳如前，翠翠依依清寂天。
鸿影遥飞相忘旧，荷条枯集欲摩肩。
拂池桂雨吹眉冷，挂槛风铃许愿虔。
却是多情留不住，空于桥上忆流弦。

登会稽山
众人因膝辞高远，独上青峰九百梯。
四野云沉山气净，一秋绿映桂香迷。
谢公任性耽松壑，摩诘忘尘亲鸟啼。
微汗沾襟身健否，披萝万缕下幽蹊。

八六子　东湖

　　近湖滨。万般情怯，青山改尽园门。对桂雨长廊旧梦，柳风澄浪新晴，一衫断魂。　　三年鸿信如尘。未尽灞桥残酒，长怀洛畔高云。想见处、黄莺若溪啼老，臂环轻瘦，鬓风微雪，从来解佩多情枉送，流笺无计空颦。待重巡，乌篷独过碧津。

● 杨毓娟

兰

　　正月葳蕤冒紫芽，玉茎浅碧吐红砂。
　　素姿清溢千年醉，为叹人间第一花。

端　午

　　榴花零落小桥东，五色新丝缚水龙。
　　漫检离骚忆湘楚，清樽莫负赖熏风。

● 陈繁华

网　阅

　　沉潜省读苦修行，韵里时人诚近名。
　　古调能传多寓目，今诗欲得每含情。
　　同欢乐见心相合，可叹矜浮意未生。
　　春茂百花秋叶落，深林草木自幽清。

己亥正月初四晨沪上见雪遣兴

　　素冻驱霾空气鲜，寒风挤入小窗前。
　　清标应律兼茶酒，俗韵听歌与管弦。
　　隐隐苍枝凝有露，层层翠幕透无烟。
　　迎年送晚时堪惜，未尽诗途再著鞭。

海

上

诗

潮

柳（回文）

悬空故事感柔条，似与顾然自逸飘。
连细雨时红影动，带微风处绿丝摇。
烟云抹角楼遮眼，物景兴端树折腰。
阡陌拂尘清可意，妍春漫笔化盈饶。

【回文】

饶盈化笔漫春妍，意可清尘拂陌阡。
腰折树端兴景物，眼遮楼角抹云烟。
摇丝绿处风微带，动影红时雨细连。
飘逸自然顾与似，条柔感事故空悬。

● 纪少华

遥寄山东友人

历历浮生漫世尘，友情长在蕴于真。
品茶酌酒皆诗味，境界高低看做人。

豫园灯会题咏

若度瑶池天外天，星灯叠彩幻无边。
祈将皓月长留此，海上风华好聚仙。

题霍去病雕像

跃马黄河作浪涛，英名壮志贯云霄。
远征尘落江山定，神剑鞘中吟寂寥。

雨后漫吟

早春天色总含忧，絮语绵绵说不休。
忽见云开光似瀑，时闻鸟唱碧如流。

浮生惯以阴晴变，逆境仍将上下求。
风雨路遥山海去，此心飞作浪轻舟。

● 卞爱生

苑氏矿难

坑深底处近黄泉，采石行来命已悬。
谁念营生计穷苦，忍将援救画铜钱。
苑家一脉高情在，奸吏几人浇薄焉。
二十七天惊地府，应羞世上鲁褒还。

奉和施提宝老师戊戌酬谢

时人小黠大痴中，未识北窗陶令风。
雅聚非关汉阴老，清谈或在首阳东。
宜将细琐掷尘垢，不碍吟笺邀雁鸿。
秋月春花须有意，亦朝亦暮列顽童。

感董良老师见赠

得来佳句费推敲，心镜明时方孔昭。
每见先生呈豹尾，更将卷帙束牛腰。
此身事业余诗赋，百岁功名是牧樵。
贾孟清寒何足虑，于张决慎我逍遥。

于张：于定国，张释之，汉庭尉。

● 孙晓飞

春　游

石塘水暖涨苔痕，桃李引人寻古村。
遣兴不知天色改，踏歌归去已黄昏。

海

上

诗

潮

樱 花

秦汉宫廷白玉坛，粉装清韵旧曾谙。
一从沾却东瀛土，热血国人多避谈。

浣溪纱　春雨

衾夜依稀枕雨眠，梦中花颤黛眉弯。醒来独立
琐窗前。　　断续檐头珠似泪，迷蒙池面水如烟。
粘人衣袖是春寒。

卜算子

苔涨为潮生，芳草因何绿。一自东风扑面来，
百感无端蓄。　　泥软燕双飞，天旷云分逐。纵有
痴情胜去年，依旧心难触。

● 卢斐斐

李 白

仗剑出巴蜀，高歌动帝州。
谈交多士宦，醉宴共王侯。
寥落三重影，浮华一夜秋。
长流诗与月，千古自悠游。

一剪梅　戊戌秋夜加班有感

案牍层层未可收，日也挠头，夜也挠头。时光
不易把人留，忙又何求？闲又何求？　　梦里沧瀛
逝小舟，想也无由，念也还休。浮生尘网渐成囚，
权把神游，作了身游。

冬游仙华山

元日谒明光，登高冒肃霜。
风侵丹壁裂，雪掩磴阶藏。
岩侧冰凌缀，亭前冷蕊香。
仙山行遍后，可否上天阊？

初春游蠡园

晓雾寒青石径幽，楼台渐次入帘眸。
湖山错落峰形秀，树影婆娑池底柔。
四季亭前花四季，春秋阁里梦春秋。
长堤柳絮谁人舞？越女浣纱空泛舟。

小暑游金华地下长河

扁舟一叶寒门入，暑气烟消透骨凉。
水路蜿蜒穿绝壁，彩灯星布绣霓裳。
银牙乳笋青苔缀，断瀑悬泉冷月光。
才遇盘龙离北海，又逢猛虎出松冈。
雄鹰展翅从容掠，狡兔抽身躲匿忙。
凌雪苍穹添玉柱，金钟倒挂转天罡。
峰前白塔修禅意，廊下玄坛悟老庄。
不必名山寻玉树，何妨陌野赏兰香。

浪淘沙　寻春

风雨锁江天，经月无暄。隔空雾气透窗寒。草
短枝残芽未露，应是春眠。　　辗转探花颜，欲觅
春还。南郊寺外隐梅园。黄蕊红绡添日色，霞满
尘寰。

● 郭幽雯

咏 兰

原是深山空谷生，移来雅室冷香盈。
叶伸浅碧长犹瘦，芽吐微红柔且轻。
九畹清高对明月，一盆素淡寄幽情。
本心澹泊偏宜静，不屑群妍争宠荣。

春 望

新芽欲发翠成林，残雪已融连日阴。
摇影波纹看泛棹，藏春柳色听鸣禽。
山无泼墨千秋画，泉有留声万古琴。
待到百花争烂漫，夕阳斜照碧云深。

● 黄伟一

小重山　乙亥三月暮之新江湾

新江湾湿地，原系空军江湾机场旧址，市府为民生计，因其林灌、森林、湿地原生，故整修开放供市民休憩。

飞落江湾春草津。涟漪波绿皱、逐青苹。雨微霞散亦消魂。流光老、蕉嫩拭轻痕。　　红紫欲为邻。藤头牵不住、却红尘。几番林间复逡巡。携茗盏、细品立黄昏。

● 何佩刚

玄武门之幻

壁立墙头在，惊魂若荡游。
帝王家务事，刀箭判恩仇。
骨肉相拼杀，亲情自忍羞。
幸安天下局，享誉话千秋。

黄帝陵诗祭

轩辕宗庙荐心香，万姓来瞻初祖光。
莫问渔樵兼猎狩，更添纺布饲蚕桑。
创兴文化凭仓颉，施绘龙图定典章。
立国开疆曾奋勇，斯民当誓衍辉煌。

玉漏迟　太液芙蓉未央柳

盛唐佳话久，玄宗长恨，玉环摧朽。天子风流，情爱居然深厚。太液池边望月，解语花，痴心迷透。抛政务，华清泉浴，凝脂欢诱。　马嵬坡下惊魂，祸国怒军心，白绫悬首。平叛还宫，独对悲凉衰柳。回恋霓裳仙舞，良宵梦，顿成乌有。疑战乱，怎归女人担咎？

喜迁莺　法门寺之光

长安古老，法门寺重辉，金光普照。佛塔巍巍，万国来朝，都感香风缥缈。合掌摩高云汉，接引广场拜倒。灵骨在，赐福满神州，功果缭绕。　凭吊，良卿者，焚火自烧，捍卫地宫宝。今日现身，二四九九，文物珍藏完好。自汉隋唐皇族，佛骨迎宫祈祷。传今世，政教喜联姻，也添人道。

● 张才得

戊戌感事（新韵）

菜市刀光振聩聋，头颅滚滚洒苌弘。
连天烽火伤离黍，大地河山泣断鸿。
人命飘飘轻蚁命，英雄汲汲晋枭雄。
百年多少安民梦，只合于今不是空。

1898年戊戌政变，谭嗣同等六君子就义于菜市口，已历两个甲子。《庄子·外物》："苌弘死于蜀，藏其血，三年而化为碧。""离黍"，谓国家危亡，出《诗经·王风·黍离序》。

海

上

诗

潮

松江广富林文化公园游（新韵）

水下晶宫水上檐，风光旖旎碧波澜。
华亭人物九峰树，良渚文明一脉源。
村落绵延万平米，春秋流逝五千年。
石盘石斧石镰在，开辟鸿蒙仰祖先。

广富林文化遗址，在华亭（今松江）九峰山南麓，是浙江余杭良渚文化一脉。展厅设在水下，似水晶宫，展出出土文物和一万平方古村落发掘现场，屋檐则露出水面。

沁园春　奉和友人九旬抒怀

友人以《九旬述怀》索和。时值亲和源内群芳吐艳，欣然有作。予虚龄八十九，已越"望九"，聊以"叩九"自呼。

送走残冬，白雪红梅，竞放先声。正早春天气，寒轻霜薄；苞孕芽长，夜发如星。花落樱柔，风飘杏嫋，紫透玉兰树下行。春归也、共海棠晕醉，开畅心情。　　何须日日斗争。失平地风波神鬼惊。引明湖碧水，游鱼吹浪；长廊斜日，绿树流莺。叩九平安，闲庭徐步，闻雨闻风闻角鸣。今和古、俱入笑谈里，杯浅心宁。

鹧鸪天　古镇召稼楼游

商市腾喧客比肩，飘香小食太垂涎。楼台亭阁悠悠水，历史人文凿凿言。　　兴庄稼，起乡贤，少游后裔亦轩轩。富农搞活今非昔，父老那堪回首看。

明秦裕伯有德行，死后被朱元璋封为上海城隍；现代有著名演员秦怡，他们是宋秦少游后人，分别设有纪念馆。召稼楼之名，出于明工部右侍郎谈伦在家乡建楼，清晨鸣钟催人耕种。

● 卢景沛

咏嘉兴南湖

一

南湖波涌楚天悠，千古盛名烟雨楼。
独有坚舟破迷嶂，红霞从此染神州。

二

辟地开天成伟业，红船依旧映湖明。
得权不改忠贞志，慰藉先贤酬盛名。

清明怀念逝去诸诗友（古风）

千般情，万般情，最是诗友浓浓情。
青松城里共研习，枫林苑中结伴行。
三更梦醒念不绝，音容笑貌跃然明。
天一层，地一层，天人相隔烟云横。
从兹不能同咏唱，此恨绵绵心难宁。
未知天国可安否，唯托东风送叮咛。

● 黄思维

集 句

《书生报国——南社人在上海》观后，谨集乡先哲高旭先生
《神州八章》中诗句，兼以纪念南社成立一百一十周年。
数枝健笔抵戈矛，收拾河山仗俊俦。
热血造成民族史，要当勠力此神州。
先生此诗，为《神州日报》一周年纪念而作，每章尾句皆曰
"神州"，用意深至，既见书生报国之襟怀，亦见南社仁人之梦想。

海

上

诗

潮

董其昌

一代宗师者，丹青写巨篇。
云烟吞树石，笔墨点江川。
会意千峰秀，论禅六祖玄。
吴门谁篆额，徒此忆先贤。

吊朱振和老师

朱老师五十年代初毕业于北大，上海工业大学教授。工诗。对当前社会问题有独到见解。朱老师待人谦逊，诚君子人也！今闻仙逝，默然久之。

先生负杖向西天，伫立天阊问谪仙。
世上诗人书呆子，瑶池宴饮不须钱。

贺新郎　读岁月居南园夕照图

落叶飞鸣镝。正江东，南园草木，初冬时节。莫道长安风正疾，吹散归鸿无力。笑竹绕筠溪南北。整顿山河探囊似，被峥嵘料理成平仄。太湖石，纵横立。　斜阳夕照壮行色。怅听涛，江声不住，小轩凭轼。我欲抚琴君吹笛，便使鬼惊神泣。笑柳子寒江簑立，革故鼎新争朝夕。料芋西，不肯恋城邑。望明月，长相忆。

水调歌头　久雨忆南园兼答南园诗友益山

弱雨西风廋，落叶美清秋。一任潮起潮落，港绕碧云流。自向江东寻去，觅得南园似画，竟在大江头。故扣柴扉久，美景不胜收。　笑储昱，归隐后，立汀洲。二三知己，吟唱一邑话绸缪。浪涤东西南北，史记古今中外，大道历千秋。拨雾开天日，鼓楫弄扁舟。

● 王义胜

谒张中丞庙

孤城嶷尔独崔嵬，血战将军不复回。
一道堞墙淮越障，几轩蒿矢虏胡摧。
恭瞻庙貌人人凛，雏读碑铭事事哀。
山色远眺青若黛，门前夕照足徘徊。

谒虞薇山先生祠

开遍山茶满院花，祠堂处处绿荫遮。
阶前泉眼新书额，檐下风铃古宅家。
身体奈何沦夷狄，衣冠依旧是中华。
云礽解得先生苦，修谱葺园忙不奢。

谒倪云林先生祠

高士祠堂大半空，裔孙安得告成功。
春秋祭失旧神主，折带皴开新绘风。
且放游心乐山水，何曾洁癖洗梧桐。
先生若使存今世，清淡如何入画中？

● 成德俊

旅非吟咏

一、听导游说曼德拉事迹

读书少小不随流，几度为民作楚囚。
大圣贤能融黑白，真英雄可释恩仇。
虎牢得出方行政，龙杖才温已退休。
规划蓝图彩虹国，声名褒贬付春秋。

海

上

诗

潮

二、好望角怀古

山石嶙峋剖两洋，东方遥远路何长。

买舟探险需奇士，拓地挥金有国王。

运恶难逃三世劫，浪高终卷数人亡。

前程纵使皆荆棘，难阻英雄又起航。

印度洋、大西洋在此划分。1486年葡萄牙探险家迪亚士在此
遇险得脱，十年后其再率船在此遇风暴身亡。

三、如梦令　康斯坦夏庄园品葡萄酒

欣见海边鸥鸟，来品酒香芳草。如画美庄园，
仿佛武陵仙岛。欢笑，欢笑，同醉一杯甚好。

四、神殿有石柱以屎壳郎为吉祥物戏咏

却见神奇树一桩，虫儿自在晒阳光。

今朝不是愚人节，好运人围屎壳郎。

导游云，须围柱走七圈得好运，众人皆绕走之。

五、远眺桌山

如刀切一端，云雾每遮颜。

上帝今无饭，徒然望桌山。

● 郁时威

无题二首

一

游摄天涯发渐微，不知何处尚依依。

红花舟里春江晚，黄叶峯边看客稀。

独处多思差与错，群前少说是和非。

轻吟素问新茶呷，有幸平生爱白衣。

二

孤村雪夜少人行，阵雨敲窗断续声。

欲海宜填星作石，愁波焉斩月如兵。

身同枯叶情方落，心若回潮意未平。
五十年来虚幻梦，仅存拙句记曾经。

● 邵益山

己亥首日得家树海光书函戏为一律

俗事累身犹累心，邮传尺素喜披襟。
海光难得生清趣，家树寻常起雅吟。
张庐小径可观竹，许府高轩堪听琴。
正愁长假无游处，访戴轻舟入夜深。

和义胜兄焦山读陆游题壁

烽火扬州血战时，隔江决眦橹声悲。
山河半壁成焦土，文武几人思济危。
瘗鹤无声亦无泪，胜朝亡地不亡碑。
可怜家祭谁相告，放马南来是北师。

倚楼用老杜吹笛韵

老树残晖初雪清，荒原野马远鸦声。
蓬莱觅食空狸迹，闺阁思春恼月明。
逆旅何人归泪断，遄途几处倦骎征。
倚楼怕望天涯路，风紧栏凉浩露生。

雨中之傅雷旧居

仆仆春寒里，氤氲立院门。
潇潇旧时雨，烈烈节夫魂。
更有嫉娴女，不为污浊存。
小楼人物异，故事了无痕。

海

上

诗

潮

61

戊戌冬访长江第一滩有作

千秋浊浪故蒸空，第一滩头昼杳濛。
地擘山飞驱广练，今来古往逝轻骢。
能将浩荡兼天下，不使凄凉泣辙中。
上善原因藏万有，斩蛟未足号英雄。

己亥新春试笔韵限一东同龙社诸子

句芒澹荡领春风，嘘海吹枯意不穷。
金谷沉沉销往事，桃花灼灼对衰翁。
人间知己前生定，醉里狂禅大笑通。
白发三千修炼处，红尘十丈舞筵中。

句芒，木神、春神。《左传·昭公二十九年》"木正曰句芒。"

高阳台

浊酒新蔬，天涯倦宦，哪堪跪进雕胡。四十风霜，应惭漂母当初。狂心未解观濠乐，叹而今、久负鲈鱼。且簪花，击筑高歌，狎坐呼卢。　　归来更读南华子，笑材乎材否，常与时殊。已趣菩提，何妨白眼穷途。多情相见如相问，是耶非、依旧顽愚。不须惊，皓首功名，暮雨江湖。

李白《宿五松山下荀媪家》：跪进雕胡饭，月光明素盘。令人惭漂母，三谢不能餐。

游廿八都古镇

览古从高契，日晴行逦迤。
留今逾百谱，屯昔有三麾。
逻厂堪惊悍，文昌乃坐驰。
山深掩村郭，慨尔尽殊奇。

上

海

诗

词

晚步沧浪亭

孤亭拳石夕晖临，抚景回廊向碧浔。
竹倚西墙时弄翠，伫看忽有濯缨心。

登江郎山

灵石世传郎化身，今来胜境览奇珍。
三峰壁立堪惊鬼，一线谁开但问神。
岩谷登台望蓊翳，天风吹湿绕氤氲。
客稀日暮山欲寂，雨歇共归林气新。

古松园遣兴

远道特来怀企崇，只因古木向葱茏。
亭堂依傍粉墙处，枝干虬盘青影中。
莫以小庭生俗目，且看伟貌展高风。
昔栽闻是铁崖手，孤傲行身亦一同。

题钱谦益墓

冬往虞城暗抚襟，一朝才俊掩寒林。
墓亭寂寂山风静，碑石斑斑日影侵。
笔震骚坛出魁斗，楼藏云鬟信知音。
可怜板荡无完节，誉毁加身说到今。

镜 字

时照衣冠玉照清，满头白发自横生。
世无良药医衰老，长啸红尘路不平。

海

上

诗

潮

63

次韵和姚国仪先生春日寄怀

菲菲香气染群山，锦瑟浮云草碧斓。
每对诗文多活泼，常瞻山斗岂何闲。
绿蓑江上闻羌笛，红袖楼头望玉关。
纸素情怀天地外，老来心事彩云间。

访川沙黄炎培故居

名宅名人名世扬，堪称黄老语深长。
周期率论兴亡律，民主远谋家国昌。
与共襟怀大江阔，还如劲竹满亭香。
篇篇墨笔留痕迹，岁月回眸忆旧殇。

沁园春　毛笔吟

北漠狼毫，斑竹潇湘，紫笔渺峰。看琼崖峭
壁，弯弓收月，横平竖直，点画从容；捺动江流，
撇遒岳秀。写到凝神如舞龙。珠玑字，为文明华
夏，傲立苍穹。　　华笺铺砚情浓。引鹤梦、千秋
墨客功。恰鸥鹏拨浪，风标魏晋。隶书真篆，碑帖
精工；颜柳心摹，兰亭手仿。倾注深情宣纸中，龙
蛇啸，论草书纵放，当数毛公。

● 汤　敏

定风波　德天大瀑布

似断珠帘急雨声，蛟翻南海滚雷霆。魂断桥边
凫浴貌，休笑。红裳湿透现娉婷。　　远岫浮烟仙
鹤秀，稍候。听泉炫瀑响千寻。一管多情云墨笔，
飘逸。毫端尽处水龙吟。

虞美人　红叶红唇

诗友一帧红叶红唇图，惊艳。其红叶酷肖抹膏柔唇，因赋。

秋林沐雨初停歇，薄袖风中蝶。枝头不忍悴繁秾，脉脉离情分付入寒瞳。　　新凉一缕丹霞醉，朝夕尘纷对。绛珠仙指抹娇痕，不断吟魂红叶幻红唇。

浣溪沙　锦江饭店约午茶

广厦轩昂拥叶金，豪妆典雅米其林。邀来画友午茶斟。　　西点甜馨溶乳酪，羊排丰厚补秋襟。玉阶橡树伴钢琴。

锦江饭店曾荣获著名的金叶级绿色酒店。

江城子　记得中元（戊戌中元）

魂游三界到何方？雾茫茫，影幢幢。香褭烟缭、飞袂白纱裳。云水瑶台仙乐起，天籁动，落花忙。　　倏然钟响告辰光。湿萝窗，雨犹滂。记得中元、烧纸敬黄蔷。先祖音容追昨梦。茶催暖，已耽凉。

● 金嗣水

惜　春

小园曾馥郁，春尽息香风。
花谢根犹在，明年一样红。

今日春分

昨夜轻雷响五更，阴阳相伴暑寒平。
庭园花草齐争秀，似听新苗拔节声。

油炸肉圆子

任人拿捏任人搓，上下翻腾逐世波。
如此煎熬成正果，沉浮都在热油锅。

回乡（新韵）

少小村头伙伴玩，归来人事半凋残。
只今唯有西窗月，曾见娘亲哄我眠。

● 余致行

诗三首

戊戌年秋，与夫人、儿子赴甘肃敦煌旅游，美不胜收，得七
律三首。

一、鸣沙山月牙泉
天宫仙阁坠人间，扬袂嫦娥牵月泉。
玉宇峥嵘拔银汉，丝绸昌盛踏金阡。
沙雷异曲高夸语，夕日彩虹成就篇。
长漠驼铃云里绕，广寒尘世紧相连。

二、敦煌雅丹地貌
天国山峦神斧雕，蜃楼海市鬼肩挑。
彩霞七色捧心璧，大漠千层掀血潮。
出域华车咏高铁，驱洋母舰压狂飙。
雅丹画册无穷价，翻阅难休龙凤瑶。

三、莫高窟
断崖百窟暗藏春，穴佛千年未别魂。
锦壁绽图裁日月，经堂开宝越昆仑。
香浮万钿霓裳曲，云守九楼霄殿门。
伟业历朝金洞锁，酒泉星箭出乾坤。

柳

婷婷袅袅笼轻烟，绿嫩翠微三月天。
絮雪题诗迷醉眼，柳枝赠别惜芳年。
牵裾每羡黄粱梦，赋笔常思沧海篇。
阅尽春光繁意绪，偶成佳句也登仙。

登泰州望海楼

高标霄汉白云悠，烈烈罡风振泰州。
日月行经大江去，山河吞吐海波流。
丈夫自立人间世，君子先怀天下忧。
几度废兴关国运，登楼遥望夕阳稠。

冬夜忆旧

隆冬长忆喜相逢，燃烛南窗夜语浓。
举目虚空三尺雪，放言理想五更钟。
不甘学兔权追马，也惑腾蛇能化龙。
卅六年来人已老，一帘幽梦未消溶。

对 镜

明镜多临已不惊，却因霜鬓意难平。
最怜雨过春风暖，更爱秋深丽日晴。
万里加鞭出歧路，九天展翅搏云程。
历经沧海桑田后，能照当初赤子情？

海

上

诗

潮

67

● 王汉田

浪淘沙　港珠澳大桥开通志贺

港澳涌金涛，白浪滔滔。伶仃洋上架金桥。巧匠能工挥大笔，独领风骚。　　五色彩旗飘，锣鼓声高。抬头翘望尽妖娆。滚滚车流奇迹显，激荡心潮。

临江仙　纪念改革开放四十周年

守旧闭关犹后退，鼎新开放臻强。欢腾华夏迈康庄。初心如石，奋进志高昂。　　珠海彩虹连港澳，中欧货运繁忙。悟空天眼世无双。问君何往，沪上好风光。

● 李枝厚

小　桥

百岁小桥非卖老，送迎勇士不辞劳。
遗存足迹千千万，见证国兴颇自豪。

樱　花

亲水平台樱盛开，蝶蜂结队远方来。
吐香展艳赛歌舞，喜得诗人忙咏怀。

竹

一年四季绿油油，后院楼前夺眼球。
风起披裙忙舞袖，雨来沐发竞歌喉。
甘教老骨化新品，愿献儿孙作美馔。
文士捧场知多少，诗书画艺数风流。

● 董　良

读钱钟书阅世诗

先生阅世说迁流，江折海腾今古稠。
野烧漫天皆可见，心焚陋苍总难休。
自豪英气非官气，仍怯跳猴真沐猴。
窗外弥诠儒道术，却留锥艺与耕牛。

读佩文诗韵

一

虚实诗囊读佩文，寒灯三十一年频。
绳床解字韦编始，枿壁说经坟典臻。
老马尩隤鸣伏枥，古贤齐集笑浮筠。
晨司夜作何其苦，不伍西昆不伍绅。

二

凤头鼹尾集康熙，尘露人生付陛墀。
步踏槐花辞泮水，发簪桂子入宫帷。
朝中环佩何伤我，垄上耕耘正怿痴。
意气本无三尺卷，猖狂何许蹴瑶池。

● 施提宝

老同事相聚

相邀酒肆日西斜，海上秋风漫桂花。
促膝雄谈邦鼎盛，举杯同庆寿无涯。
感君犹记廉名事，敬尔再添龙井茶。
往昔缠绵挥不去，编成诗句报年华。

五度小憩会稽山上海人家农家乐

海内峰峦皆美观，老夫独爱会稽山。
千年榧树爷孙果，几户樵家泉石间。
心似静流求静土，身如云岭对云闲。
风光无限资佳韵，一度重游一醉颜。

清谈诗友首次雅集感赋

寒冬雅集叙风流，诗友筵开茗月楼。
敢教清谈资丽句，也能俗问赞嘉猷。
河山胜景横青黛，世道悲欢讶白头。
安得诸公歌一曲，殷勤知己感情稠。

戊戌腊月初八自寿

梦里功名梦里歌，嗟惊六七岁犹梭。
少年素愿还如许，老去心情可奈何。
春破凝冰寒萼绽，晖笼广厦暖流多。
残生惟有风骚癖，抱定忠良耀汨罗。

● 周洪伟

咏史诗一组

扬　雄
才高出语憾期期，作赋丽雄扬一时。
好以艰深文浅易，悔其虫刻有其辞。

杨　炯
年少才高肯比肩？耻居王后愧卢前。
歌行塞漠移台阁，勇拓盛唐风气先。

柳　永

坎坷士途霪雨淋，独居孤馆抱寒衾。
填词奉旨拥歌妓，逐羽移宫擅妙音。
残月晓风杨柳岸，烟光草色别离心。
耆卿乐府始开阔，羁旅宦游看铄金。

周邦彦

京都赋进上颜亲，脚踏青云感圣恩。
楚馆初游逢艳遇，龙鳞逆批失君魂。
黜除县令官声著，提举大晟音律尊。
调至清真其法变，词中老杜美名存。

吴文英

江表横空出梦窗，宫商别擅似尧章。
轻移手指笛音远，善拨琴弦词韵长。
幽眇深微持感发，涵虚跳脱觉苍茫。
迦陵评断鼎三足，堪比辛姜名始彰。

● 王金山

瞻仰新四军茅山抗战胜利纪念碑

铁军昔日打东洋，小号手兮成国殇。
纪念碑前鸣爆竹，犹如大炮号声飏。

减字木兰花　游句容茅山景区

大茅峰顶，万福宫无穷胜景。老子尊容，道德经书万世崇。　　客临泉喜，击掌顿呈珠涌起。新四军魂，威武之师天下闻。

菩萨蛮　京口西津渡

　　繁华京口西津渡，古香古色当年路。张祜句空灵，渡江即广陵。　　昔时商贾集，今日成遗迹。锅盖面儿鲜，唐风万载延。

● 范立峰

三八节读秋瑾诗随感

　　桥外孤冢埋髑髅，何多诗客爱歌酬。
　　安邦总把木兰赞，灭国常将妲己仇。
　　怎惜千金曾买剑，愿承一诺去抛头。
　　西泠莫忘鉴湖侠，几度掘坟哀不休！
秋瑾墓在政治风波中曾八次迁移重建。

佛肚竹

　　扎根翠岭养天真，前世菩提化此身。
　　体秀应须金鼎植，秆畸犹羡石盆珍。
　　空空大肚当无欲，节节箫枝染有尘。
　　虽已修成弥勒样，叹栽寺外与桃邻。

清明福寿园扫墓瞻旅行家余纯顺塑像

　　征袍依旧染沙尘，石像仍呈赤子真。
　　大漠胡杨曾作伴，荒茔枯骨几沦湮。
　　独吟戈壁男儿泪，遗恨楼兰壮士身。
　　叩问余哥何默默，羞随桃李逐芳春。
　　廿三年前，探险旅行家余纯顺徒步罗布泊偏离行走路线不幸身亡，就地安葬，此后还发生过盗墓事件。

盼 阳

上海已连续四十多天阴雨，百年未遇，网传三月份仍有廿七
天下雨，作一律。

连绵阴雨宿云浓，日出扶桑竟失空。
鞋袜双双干又湿，裤衣件件晾还烘。
地球难道真流浪，大羿曾经也挽弓。
我代羲和六龙驾，牵来旭照九宵红。

● **虞通达**

牡 丹

上苑林中忤武闱，沉香亭畔醉杨妃。
谪迁洛邑驰誉后，名动京城第一徽。

水 仙

仙子凌波出蕊宫，桃前梅后竞争中。
瓷盆雨石深宵露，绿叶黄花破晓风。
绰约芙蓉留素雅，娉婷菡萏失清红。
洛川诸女应还在，长散幽香报德翁。

红花水仙罕见，《本草纲目》曾提及，但无详细记载。

杏 花

春雨江南谁与妍，娇姿初绽出墙前。
日边开处依云发，村外望时傍店怜。
活色生香梅柳殿，轻颦浅笑李桃肩。
董林孔苑小楼夜，犹有醒翁追昔贤。

● 王德海

相　叙

告别戎装卌载遥，厚街相聚忆通宵。
号声震撼邛崃夜，兵气冲开扣当腰。
兄为九垓参战事，嫂怀双女盼归潮。
桑榆故剑长陪伴，风骨军人志未消。

最近，战友在广东东莞厚街聚会；邛崃、扣当，指邛崃山脉、扣当山。

自卫还击战四十年纪念

桂云边境频吹角，亮剑汉军神鬼惊。
号起老街千雉绕，旄挥扣当万崖清。
战旗血染风奔荡，强国汗腾龙吼鸣。
开放赞歌天地响，九泉英烈静无声。

悼英烈

炮声怒吼凉山动，边塞旌旗涌海中。
战将战云临贼垒，暗雷暗箭射英雄。
裹尸马革群峰静，报国清心铁石忠。
啼血丰碑垂后世，神州岭上仰遗风。

鹧鸪天　军旅生活感怀

白日攀登江偃东，黄昏饮马望长空。闻看珍宝岛中火，誓将青春志建功。　　钻山洞，练兵戎，艰难生活笑谈中。军涯五载韶华梦，留在芳华最顶峰。

上

海

诗

词

74

● 张雪梅

蝶恋花　槐树与女贞

槐树女贞相抱倚。枝叶连缠，缱绻流年里。几度春风来又逝，痴情款款终无悔。　　轻唤玉郎心内喜。十指钩牵，笑把红尘戏。熬煮世间茶一味，和君痛饮谁先醉？

● 秦史轶

海

上

诗

潮

锦溪踏青口占

廊桥傍水旅人稀，十里薰风到锦溪。
一树桃花春日里，扁舟欸乃作吴啼。

己亥扫墓口占

细雨轻风三月花，纸钱冷烛唱清鸦。
坟前一掬潸然泪，梦里膻腥到朔沙。

"朔沙"，陈子昂《感遇·三十七》："胡秦何密迩，沙朔气雄哉。"李白《赠崔郎中宗之》："惊云辞沙朔，飘荡迷河洲。"

闻顾村公园观樱者诸态

沪上顾村观樱，唯其名盛，日有十余万众履此。虽"文明游园"宣传不绝于耳目，然忘乎所以者伙也，遂致奇景迭出：有折枝比附影星拈花者，有撼树喜得落英缤纷状，更有八人攀坐一树摄"猴"相者，等等。舍童稚所为，健妇壮男亦乐在其中。凡此种种，无非留其影而炫乎众前也。敬树爱花，推物及人，故华夏文明长传不衰。愚以为当今乃文明普及之世，个人"小德"亦不可有出入也。

燕归三月早樱开，接踵游人去又来。
攀树缘何猴样坐，拈花只恐烛相催。
半空白雪自天落，一面红霞倚日裁。
说与观花留影者，明年春日不须回。

"半空"，文天祥《云端》："半空天矫起层台，传道刘安车马来。"

75

二月初二读刘梦得淮阴行赋得

晨昏蔬饭独讪讪，盏酒杯茶看似闲。
裹足读书青眼眊，择居问卦白头还。
诗由寱叹多霜色，相自心生近楚颜。
又是东风春浪软，天工何日拔愁山。

二月初二，唐为"挑菜节"，借用刘禹锡《淮阴行》
"无奈挑菜时，清淮春浪软"；尾联，忆昔迁居浦东，适差事
往西安，间游白马寺得一签，有句曰"天工一举出尘埃"，距今
二十余载矣。

● 王永明

游上海龙华烈士陵园

翠柏乔松纪念堂，寂寥秋雨伴苍凉。
可怜墓上长明火，不及龙华寺里香。

陵园旁有龙华古寺，香火极旺。

咸宁十六潭腊梅

他乡岁月亦匆匆，初到咸宁过大冬。
疏影潭边逢暮雨，暗香腊里送春风。
梅观词客皆相似，客看梅花各不同。
一剪清癯雪为友，百年孤冷立苍穹。

雨霖铃　咸宁夜雨

香城寒雨，夜侵迷梦，耳畔低诉。离人几许
思绪，蕉桐淅沥，因何愁予。逝者如斯，恨碌碌
羞愧无语。剩几日、拼却衰迟，夺秒争分赌朝
暮。　　多承造物时相顾，远纷争，不惧蛾眉妒。
闲敲电脑求索，吟咏罢，满窗霞曙。薄雾轻绡，
尤显青山绿水娇妩。散步去，相挽前行，落叶迎
风舞。

金缕曲　纪念上山下乡五十周年

五十年前矣！记犹新，依依不舍，告别城市。稚嫩音容方乳臭，一段人生自此。才涕泗，转而欣喜。江汉平原真广阔，眼帘掀，野景能容几。乘大卡，寒风厉。　　他乡异域安心未？笑知青，初勤四体，勉强农技。赤脚栽秧多水蛭，割麦大田累死！烈日下，水车声腻。负轭鞭牛操未耜，与农民共创新天地。一幕幕，成青史。

1968 年 11 月 26 日，我随市四十九中同学首批上山下乡，落户沔阳胡场公社。

● 季 军

同窗远足四首

金山大金山岛

碎步山冈结队行，遥闻猿啸破幽宁。
攀援绝磴同登顶，全仗同窗手足情。

衢州七里乡

竹海雄峰掸客裳，香溪奇石指琼乡。
柴门宅院诗声嫩，王维杜甫古韵扬。

缙云仙都

山川神秀涌金莲，峰嶂雄奇漫紫烟。
黄帝旌旗今不见，龙吟国瑞换新天。

太仓浏河

细柳依依唱陌阡，樯帆点点逐云烟。
瀛涯揽胜新篇续，海上丝绸万里延。

《瀛涯胜览》一书，明代马欢著。

● 洪金魁

迎新年向戍边战士致敬

己亥虽无爆竹声，千家万户喜盈盈。
冰封北塞移毡帐，浪拍南疆守柳营。
手握雷霆儿女志，身披霜雪栋梁名。
神州百姓团圆夜，致礼忠诚子弟兵。

● 何全麟

春日寄怀

阴雨绵绵又一晨，魔都日日盼熹春。
绿杨烟外晓寒褪，红杏枝头晴霭屯。
守得林泉甘寂寞，立于草野岂沉沦。
苍天赋我吟诗力，涤尽老身心上尘。

清明感怀

三月春风扑面来，庭前院后杏花开。
黄莺解语枝头闹，白鹭欢飞汀上徊。
饱蘸朱毫书画卷，高吟雅句续琼杯。
乡愁寒食谁曾见，细雨垂杨暗自哀。

咏郑和

沄沄春水涨浏河，但见艨艟日枕戈。
猎猎云帆旌旆舞，滔滔骇浪燕鸥歌。
西洋七下情怀远，东土八方崇奉多。
海上先驱垂史册，丝绸之路涌新波。

上

海

诗

词

● 吴祈生

读桃花源记

奇文旷世日辉存，古蝶今蜂醉故园。
十里粉红诗酒客，三分柔绿水云轩。
扁舟带雨归山影，一梦寻春钓月魂。
若有陶翁引花径，门开处处见桃源。

青　鸟

青鸟天来一片霞，鸳鸯小字化婚纱。
初交玉手歌芳意，暮岁檀心醉物华。
每忆春风曾迷野，间逢寒雨更思家。
红笺续写黄昏恋，脉脉相依百合花。

七十自寿

暮雨寒花白发翁，涓埃何以答苍穹。
无心得病伤凉月，有意寻诗谢暖风。
往事悠悠连碧草，余年款款恋芳丛。
平生欲得期颐福，伴守亲情笑语中。

● 周樑芳

己亥春望

一树梅花寒鸟鸣，玉山含翠画屏清。
吾侪遥梦冬官许，园圃红霞春意生。
新岁躬耕多溉种，汉家勤谨更尊荣。
瞻望社稷廉风疾，正大公平留美名。

海

上

诗

潮

79

读韩愈进学解感怀

退之降职发贤声，道理琼章不世情。
学业勤耕精细作，修为思考善成行。
平和委婉德量颂，卓越出群心语惊。
自怨自嘲含教诲，一篇辞赋世垂名。

踏莎行　戊戌雪

都市银装，芳郊玉叶，九州大地西风烈。满天三
白盖江南，六花更懂乡愁结。　　兰梦纷飞，童心
难灭，儿时竟舞曹衣热。四明常念忆当年，冰凌写
月匆匆别。

● 娄启炎

回　乡

离家少小别多年，感慨依稀美若仙。
十八芳龄成老妪，桃花仍旧笑春嫣。

赠老家同学

柳翠桃红水远流，同窗荡桨赏春游。
老来思念儿时伴，话及当年笑不休。

我有宜兴壶

鸿篇写志苦修吾，礼赠宜兴一套壶。
朴实雍容皆气韵，玲珑细巧尽珍珠。
小盅玉液思无阻，大肚诗词聚不虞。
从此摩挲常在手，临杯低首总能沽。

参加修志，大功告成，获赠宜兴茶具一套。

● 张燮璋

己亥春雨

连月霏霏罩小庭，踏莎人去雨霖铃。
小花未醒非沉醉，别是消魂一种青。

过五丈原

凋零蜀汉去何之，坐对西风欲语迟。
五丈尘埃终未改，卧龙遗恨又谁知。

拟脂砚斋

金玉红楼一梦收，说因缘处枉凝眸。
砚池水是伤心泪，谁解世间百种愁。

读王维诗

孤烟大漠欲何之，红豆幽篁为阿谁。
生即皈依摩诘命，枯禅润墨随心诗。

● 房焕新

咏健身棍

古任兵戎竞斗时，逢春枯木化神奇。
持恒打穴练身得，便是常年病不欺。

除夕感怀

惰政阎罗归误期，欣然又赚一年时。
愤青风雨扁舟险，伴老秋虹饱穗迟。
气狭多生心上病，胸宽罢染首间丝。
坐窗逗雀赋闲度，落雨东西俱不知。

海

上

诗

潮

冬　雪

鹅毛风舞到山宨，人迹堤空野渡斜。
暖润苗中羞腊月，寒侵土下助春茶。
最怜鸟捐穷源食，更害舟迷何处涯。
功过人间任评说，无如一醉一声嗟。

● 李震清

接财神

鞭炮冲向雨中欢，惊破初四夜空寒。
万请财神终不到，唯闻梅馥与幽兰。

初六访友

年年岁岁聚匆匆，酒暖看香如彩虹。
只叹时光催易老，惜花要在护花中。

元　宵

宝马车如梭影穿，银花火树映江天。
又闻爆竹声声响，还看晶笼万万千。
思古抚今终赋月，酬神庆俗再祈年。
人间纵有三分爱，付与春灯伴夕圆。

● 楼芝英

清明感怀拈得六鱼为韵

年年杏雨湿衣裾，石径山行细柳疏。
几处归鸦回野塚，一行清泪入荒墟。
漫锄杂草坟茔净，还酹陈浆烛火徐。
恍惚耳边闻小字，心香袅袅寄冥居。

定风波　秋思

蝶叶翻飞叹寂寥，寒蝉声细梦魂销。听得归鸿声似语：归去，南疆春色正妖娆。　　秋雨几番花自落。频数，轮回难辨几春宵？彼岸嫣红花叶错，情弱，忘情一水解心牢。

"彼岸"，彼岸花；"忘情水"，孟婆汤。

一剪梅　雨梅

泪凝枝头俯小径。清骨斜横，晶点莹莹，轻滋疏影唤春醒。吟了新声，醉了春情。　　风送幽馨入袖萦，花语轻轻，诗意盈盈。瑶妃携露秀园亭，赢了清名，薄了葱青。

● 殷　英

过同学庄

寻春三驾侣，邀入海明庄。
蚕豆沃田绿，菜花平野黄。
门前留影笑，院后备厨忙。
邻灶初开火，空肠已发慌。
汤圆馋客急，鸡黍落勺光。
不觉村烟暮，酒酣兴味长。

游什刹海

迟日晴方好，晓寒细细风。
烟波拂柳绿，水色映墙红。
野鸭惊飞起，桃花始盛中。
观棋多惬客，垂钓满闲翁。
款款三轮过，幽幽小巷通。
皇城绝胜处，后海老胡同。

惠州西湖怀古

潋滟西游游客多，行吟古渡意如何。
画桥疏影伴明月，烟水泛舟扬碧波。
青冢前头听古调，苏堤岸上怅东坡。
天涯谪宦勤民事，竹杖芒鞋一浩歌。

● 翁以路

盼太阳

多日立春春不见，濛濛烟雨逞何能。
蓬莱三岛求仙去，欲得东来旭日升。

迎 新

朔风街道行人少，年末灯前写瑞符。
乐撰欣书赠好友，往来礼尚饮屠酥。

苏 轼

初出眉山惊永叔，哪知仕运却熬煎。
三州谪宦寒食屋，一叶孤舟琼海边。
倦枕无眠对冷月，飞鸿掠影鸣苍天。
东坡何止东坡肉，春晓苏堤秋夕烟。

永叔，欧阳修字。

● 葛 亮

荆 轲

天下豪侠有几人，神州一统孰堪伦。
丹因计短求强国，轲为情深岂惜身。
易水风寒衣胜雪，悲歌声烈酒沾尘。
长驱孤匕如乘意，从此江山不姓秦。

西 施

江山旧迹已模糊，野老山僧酒一壶。
复国何关西子事，三千越甲足吞吴。

浣溪纱

旅雁归来音信迟，池塘春草梦来时。今宵唯有断肠诗。　　似寄锦书无个字，难言心事有相思。衷情莫被晓莺知。

● 郑荣江

应邀赴诗友茶叙

暮冬戊戌盼嘉祥，细雨淋漓风逐凉。
赴约零丁呈薄质，奉从惶恐弄残妆。
闻香寻味赏清景，品第去冠瞻素光。
轻举盖盅张范效，永和人在茗茶堂。

读君子之交有感

山公金石丈夫仪，吏隐松筠堕泪碑。
鼙鼓震凌仍敛衽，烽烟翻舞自舒眉。
舟人访戴率真质，车笠相逢孤峭时。
君子之交何止水，岂因利害性迷离。

春 雨

雨去雨来来去淋，那时更比此时霙。
鸥寒正转江天澈，雁湿已朝林塈愔。
萦水润花非有意，斜风拂柳本无心。
侧身冷眼观云起，采菊悠然学佛吟。

海

上

诗

潮

玉佛寺

碧瓦黄墙古刹游，本缘长老用心谋。
双尊玉佛播禅雨，百岁檀林起土丘。
祖相庄严威德广，名雕莹洁质材优。
抬头回望来时路，朵朵祥云在上头。

淫　雨

丝雨连绵旬复旬，难分日暮与清晨。
食穿无虑锦书乐，诗境如同绿酒醇。
漫漫关山修学路，苍苍霜鬓逐阳春。
莫闻蜀道难行走，水碧山青已洗尘。

南湖游

元旦阳和好出游，泱泱碧水眼中收。
玄亭瘦阁湖心岛，朱柱明窗烟雨楼。
最是画船开世纪，终将镰斧载春秋。
伫看夕照青山处，心自悠悠亦有求。

● 郦帼瑛

一剪梅　探梅

　柔嫩红梅露浅痕，枝也清纯，叶也清纯。雨珠滴翠挂香唇，花有芳芬，蕊有芳芬。　　君若折攀几瓣春，笔染余温，纸染余温。一程探望醉心魂，思在氤氲，梦在氤氲。

上

海

诗

词

86

浣溪沙　忆梅

春雨恼人梅湿透。炊烟袅袅花枝瘦。唯见落红香径皱。　　清风懒倚黄金柳。紫燕衔泥巢补漏。牧笛横吹耕曲奏。

恋绣衾　供梅

花落凡尘只留香，供一支、瓶内浅妆。晚读时、常相顾，泪盈眶、怜惜久长。　　来年再把梅君恋，绕曲廊、疏影掠窗。晓露圆、青衫湿，佩琴剑、独自约芳。

● 陈剑虹

祭许强生先生

许强生先生，中国航天事业一位老干部，离任回家后，为众默默地奉献十六年，我有缘与他共事十年，他是我看到的具有高尚品格的老共产党员之一。

志如金石几人同，十载张弓未弛弓。
满箧新愁文案里，万分玄悟鬓皤中。
垂垂泪雨持花日，缕缕遗思逝水东。
哀曲长吟别千古，心田永葆一枝红。

春日寄怀

九十春光百卉香，香融胸臆欲成章。
闻君新曲绿裁句，愧我无才俗入行。
翠蔓红芳肥复瘦，青莲白傅记还忘。
何时蘸得流觞水，落笔云烟醉夕阳。

踏莎行　雪

美若梨花，轻同柳絮。逐风片片纷飞去。弥茫天地画朦胧，重重叠叠心相著。　雪韵江南，千般思绪。依稀旧梦成诗语。一生多少怨愁情，化成霜发千千缕。

● 陈　曦

金泽春光

繁花去岁落谁家，池水如今映碧芽。
只待春光添暖色，淡淡深浅遍天涯。

敬贺胡中行老师七十寿诞

人间寒柏正当时，信是逢春得一枝。
凭揽浮云横古道，肯怀虚谷立天池。
贾生才调三江曲，苏子文成几斗诗。
会看悬车松不老，东风且赠贺公词。

咏水仙花

银盏玲珑未忍裁，碧枝着意上岩苔。
近寒沐雪从容立，临水能仙自在开。
绿袖亭行迷雅境，焰心簇饮坐蓬莱。
香妃不进君王殿，那愿韶华锁玉台。

● 陈　波

次韵胡中行教授重访玉佛禅寺

一片祥云偕众游，千般手眼与愚谋。
诚离苦海远人欲，慈点迷津向首丘。
湔雨寂风尘化碧，摩尼清梵语承优。
重来合十心无碍，袅袅青烟天尽头。
首丘，典出《礼记·檀弓上》"狐死正丘首，仁也。"
郑玄注"正丘首，正首丘也。"

上　海　诗　词

淫　雨

戊戌末己亥初，沪上淫雨旬又复旬，鲜有日月相伴晨昏，真乃逝者如斯不舍昼夜也。

羿射金乌幻亦真，犬吞朗月雾濛旻。
高桅欲举云帆重，旧燕思归风翅洇。
笋冻泥中犹蓄势，松寒涧底尚标新。
檐头雨线琴心韵，涤净凡尘自有春。

港珠澳大桥通车赋

一脉炎黄势聚东，龙湾大气耀长虹。
骑鲸搏浪鳞鳍奋，测海穿针峡谷通。
火化烟销鸦片地，莲生叶茂紫荆风。
三都百越千寻梦，满眼春光赖邓公。

● 郑宗健

春游纪实四则

西　湖
一色波光万顷春，四围碧树绕芳茵。
世人都道江南好，择个西湖结美邻。

西　溪
千林叠翠绿无边，百曲溪流共染烟。
野渡舟行声渐近，招来鹭鸟舞翩跹。

西　塘
小桥流水泛春光，十里飞花尽带香。
闹市久居祈远足，吴根越角炫西塘。

扬　州
长堤春柳自风流，雅士文章秀满楼。
此地名湖偏唤瘦，欲寻八怪上扬州。

● 钱海明

思　母

萱草正芳茵，玉兰时出新。
堂前呼小字，梦里答娘亲。

玉兰，母亲喜爱白玉兰，见物思亲。

感广西左江花山岩画列世界文化遗产

亘古神州有岩画，先于环宇共灵源。
明江汩汩说瑰宝，花岭萧萧护倩魂。
铁血凝成祈福卷，鬼才凿就庆丰痕。
沉眠千载一朝醒，无墨天书照后坤。

寄闺中友人

流光似水鬓华蒙，半世白衣熏柳风。
黉校同窗书卷伴，山乡一舍蜡灯融。
寻常作乐天和里，几度排忧尘事中。
最念病时熬雉汁，情深姊妹杜鹃红。

● 黄仁才

天　井

红梅燃一角，嫩绿柳枝伸。
园小藏春在，天天物象新。

次韵胡中行教授重访玉佛寺记兴福寺行

常建引吾名刹游，通幽曲径性灵谋。
虞山眉展连新港，烟壑泉鸣彻古丘。
不染一尘心永净，皆空万物目长优。
米公碑处凝思久，韵味深深醉白头。

常熟虞山脚下有兴福寺，古称破山寺，唐·常建作《题破山
寺后禅院》诗，寺内有宋·米芾所书常建诗碑。

蝶恋花 探春

夜雨疏枝青草幼。柳眼星星，渐染千丝透。翠鸟呢喃轻语叩。繁花频眨苏醒否？　　欲遣东风吹艳茂。桃树夭夭，卉映池中秀。翘首孔殷飞燕久。低头思啜新春酒。

● 马树人

清明游春入住苏州东山农家乐

晨晖遥对月轮西，破梦黄莺不住啼。
启牖忽生乡野趣，出门便入运河堤。
樱花烂漫半山雪，春柳氤氲一径迷。
恍惚东篱非远处，四时总有草萋萋。

依韵和提宝师二首

学诗有感
终弃盐车仍自勉，无缰蹄疾越山川。
半生经历风霜苦，十载感怀师友贤。
蕴意深深格高筑，声情款款律成篇。
我惭吟诵时重错，当静诗心了慧缘。

探望季老师久病初愈
向来蔼蔼语言少，依旧融融师友情。
微恙欣然康复见，了愁不枉探望行。
草书佳句朗声读，诗主襟怀显道诚。
愧献皮黄添酒趣，一腔余杨尽觞觥。

● 张玮菁

剑气二首

一
烽烟旧日筑城墙，家国今时岁运昌。
放眼静安封剑处，滔滔泉涌大观堂。

二

风雷曾恃九州同，生气仍存己亥中。
六十岁轮重抖擞，雄图变革壮诗功。

步韵胡中行老师入门

有志能窥众妙门，昔年诗卷驻精魂。
古风朴朴田园在，我思悠悠士气存。
少服放翁兔丝子，满觞商隐玉昆仑。
女娲填海还飞鸟，日出鸿蒙面道尊。

● 叶文丽

过法门寺

舍利释迦指，法门封地宫。
宝函收密室，金殿奉幡虹。
一道谏迎表，几朝历劫风。
菩提本无树，终悟六如空。

谏迎表，韩愈《谏迎佛骨表》

嵩 山

危崖奇绝秀姿崇，双室摩天对郁葱。
荥泽岿然书册立，典刑老去剑锋雄。
策源岂解少林盛，登顶原知三教空。
怀远九朝多少事，漫听周柏佩环风。

"典刑"，掌管刑法；"周柏"，赵朴初"嵩阳有周柏，阅世
三千岁。"指嵩阳书院中两棵被汉武帝封为"将军"的巨树。

华 山

寒索天梯云外来，太华风韵盖头开。
莲花妆翠浮烟浪，玉女箫幽环凤台。
一笑摘星挂帆梦，半酣扶壁怵山摧。
回眸宇内两河失，信入仙家醉不回。

两河，指渭水，黄河。

● 张聪芬

清平乐三首

醉翁亭怀古

泉香酒冽，太守同民悦。不饮千杯非俊杰，醉意朦胧邀月。　　琅琊山上青松，酿泉溪水淙淙。偷得闲暇半日，斜阳游兴还浓。

游成都杜甫草堂

浣花溪畔，满目秋阳幻。似见少陵理榛乱，开辟草堂避难。　　参天楠木幽幽，蜿蜒溪水清流。野老像前留影，欣还一叶诗舟。

天台农家乐

阳春难误，细雨洒堤路。杨柳絮飞遮古渡，迷却游人无数。　　湖边迎客人家，山珍野菜椿芽。一曲乡音小调，欢声缭乱桃花。

● 张兴法

纪念五四运动一百周年

风云骤变醒狮吼，荡荡新潮漫九州。
为国捐躯得其所，雨如泣涕洒千秋。

江南造船厂滨江遗址咏怀

百年船坞百年功，旨意深蓝冠世雄。
骇浪惊涛莫轻敌，乱云飞渡我从容。

2008 年江南造船厂为支持 2010 年世博会，迁址长兴岛，于黄浦滨江立碑永记。

海

上

诗

潮

93

● 丁 衍

书课有感

一

辞职十年何所事，诗书得趣梦丰滋。
他山遗玉咸称好，往圣微言了悟迟。
前路预观知险峻，贞心沉毅感恩慈。
平居寂寂如空谷，幸有千文友亦师。

二

冷暖自知冬复春，空将壮岁负充填。
难为真迹寻常看，安受杂音千万频。
国手寂寥甘坐隐，楚材穷窘学垂纶。
及时善取堪回味，乐得安康亦养神。

三

养得浩然之正气，何妨真草共千文。
时空生病金针失，庭宇放言仪舌闻。
但恨无能学忠厚，可知有道梦离群。
寸心合作堪千古，非与暖风同醉熏。

● 蔡武国

昆明大观楼

戗角琉璃映眼眸，滇池侧畔屹名楼。
珠帘画栋朱栏倚，暮雨朝云碧水流。
悬匾飞檐钦御笔，长联楹柱誉神州。
髯翁执卷石雕在，胜迹雄文千古留。

昆明洗马河

翠湖碧浪著天涯，直济柳营方溯洄。
绿树丛林沿畔岸，青铜雕塑满江隈。
屯兵蓄锐养千日，驯马脱凡腾九垓。
犹见明清枭将影，骁雄铁骑梦魂来。

昆明黑龙潭

龙泉山麓古名园，道观牌坊今尚存。
千尾金鳞聚游逸，两潭碧浪分清浑。
汉祠黑水祀霖雨，明墓忠公祭义魂。
欲待翌春寻胜景，梅花荟萃缀乾坤。

● 孙可明

蝉　声

疏桐漏月照三更，风拂轩庭冷意生。
日日无端嘶旧调，年年百结怅归程。
高枝畅悦多怀亢，断壁伤哀总受惊。
暑不重来秋又弃，半醒残宿织悲鸣。

下棋吟

枰内陈兵楚汉江，分明杀气透轩窗。
象防士守兵携众，车控马腾炮用双。
推演熟思藏妙略，运筹巧算贯胸腔。
旁观不语真君子，拱手输家甘愿降。

悼金庸先生

少室山哀恸武当，大师驾鹤远游时。
翻书曾为功夫醉，掩卷还随侠客痴。
佛觉禅机谈笑悟，纯情至性死生披。
江湖恩怨全无了，潇洒红尘亦有悲。

海

上

诗

潮

下乡五十周年纪念日

细雨秋风别校园，山村寒暑度华年。
简餐茅屋供贫日，热汗银锄伴绿田。
常梦禾香笑声醒，频传微信故情牵。
难求平直人生路，何憾青春化碧烟。

七十自吟

身高虚长未徇腰，不戴纱冠覆白毛。
百味人生留趣事，二根牛索系同槽。
持家幸赖贤妻手，敲句常求白玉醪。
碌碌粗才羞大寿，诗成万字抵仙桃。

我和老伴同属牛，插队时在农村结婚。

与百岁老人同宴

华发朱颜步未颠，眼明齿固爱尝鲜。
一生飞线裁罗锦，千里游乡挣苦钱。
淡对尘寰风雨事，比邻碧水绿黄田。
漫天白雪溶玉液，五世同堂敬鹤仙。

老寿星为我亲家母父亲，今年103岁。

● 张亚林

顾村公园赏樱

桑榆诗友醉春风，结伴踏青颜似童。
背景樱花留倩影，园林漫步乐无穷。

川沙游感怀

春日采风川邑行，眼观影像话精英。
江东土地名人出，明代城墙火炮横。
喜看众多携志士，不图富贵济苍生。
青砖块块经风雨，旧宅堂中星斗呈。

卜算子 咏松

冬夏色长青，雪缀身姿傲。忍历冰霜暴雨袭，
仍现坚强貌。　　叶绿树难凋，藐对寒风笑。委屈
百年又奈何，依旧金光照。

● 曾小华

重阳有思

金风郊野黄，换季着新装。
丹桂飘香韵，菊花流彩光。
和诗生妙趣，泼墨著华章。
淡寂登高处，层林挂夕阳。

闻香识秋

寒风聚起时，落叶梦惊之。
谁主三秋景，闻香桂识知。

观邳州白马寺千年古杏有感

秋风铺锦换装时，白马金衫展秀姿。
引着动车追美景，邳州一到醉如痴。

龙泉青瓷赞

玉线轻描柔指延，青瓷莹润耀千年。
越窑兴市龙泉幸，经典传承吉梦圆。

● 祁冠忠

忆驻福建平潭岛水兵生活

今年 4 月 23 日是中国人民解放军海军建立七十周年。故写几首小诗以示纪念。

咏 怀
身着海魂衫，飞涛映笑颜。
胸怀强国梦，热血固江山。

出 击
弦月挂青霄，惊闻军号嘹。
备航迎出击，剑气斩天妖。

站 岗
月淡夜奔飙，挎枪同听潮。
弹丸礁岛地，一杆国旗飘。

冬 训
海天一色中，骇浪舞狂风。
雪压云昏暗，艇冲气若虹。

夜 巡
快艇英雄汉，平潭列阵形。
犁开千顷浪，摇动一江星。
曙色应无意，朝霞自有灵。
碧空朱日灿，剑出海疆宁。

● 雷新祥

读缶翁梅花册

释卷留香苦铁毫，前邨隔水百年交。
孤心独立抱冰雪，结伴吴庐品自高。

兰亭游

乍暖莺飞曲水歌，骋怀桥畔惠风和。
御碑亭外太碑立，八十学书千岁鹅。

春来早

良辰梦境月西沉，窗外渐闻初啭音。
不是吾聪通鸟语，感时万物报春心。

顾村赏樱

雨歇初晴春意稠，顾村香榭客如流。
淇园千树竞芳蕊，朱粉半开窥秀楼。
举首问花花不语，临川呼友友登舟。
唐贤钟爱玲珑去，侪辈扶云逐梦游。

● 刘振华

祭扫途中（新韵）

翠柳红桃朝后遁，陵园未到泪先淋。
陈年往事心头涌，件件桩桩总系魂。

病中口占一绝

暮色苍茫看浦东，高楼大厦有无中。
华灯万户瞬间放，黄浦银河两水同。

● 欧阳长松

探 春

春立虫仍趋陆沉，响雷生气杂虹音。
暖来清壁新天地，病走青丛成古今。
蚀雨堂堂时染宇，随风往往日磨心。
流传红紫无须乐，探得御方何处寻？

桐花雨

开满明前明后花，自成节候客行夸。
眸红有意支烟卷，颜白无声吹喇叭。
倩凤香浓情似窦，絮毛流散嫩初茶。
似乎漫野氛悲在，天降青钱山水家。

梧桐寄怀

参天龙树与谁同，遇雪比松颜值枫。
处处精心枝干久，铮铮铁骨栋梁功。
红云顶盖盘旋叶，紫气充盈不倒翁。
留得经年凤凰在，如荼如火月明中。

● 袁人瑞

谒杜甫草堂

草堂门对浣花溪，三两黄鹂鸣柳枝。
忧国伤民衰叟泪，光天耀地少陵诗。
喜闻夜雨当春日，怜取贫邻扑枣时。
正值人间盼广厦，心通千载我来迟。

古稀自况

夫子平生不近厨，老妻烹煮我观书。
诗成且待多回校，饭备还劳几次呼。
自酿葡萄低度酒，亲栽莴笋有机蔬。
古稀今已寻常见，尚可南园动小锄。

灌园乐

红薯番茄趁早浇，清泉引取小横桥。
含花初采荷兰豆，带露新栽莴笋苗。
厌理此长和彼短，喜期雨顺与风调。
稀翁自有田园乐，不羡神仙只慕陶。

入学上师大四十年聚会并游海盐南北湖感赋

四十年迁夕照黄，漫将往事细思量。
民分左右膏肓记，缘结芸窗翰墨香。
人富慈心人寿健，国依民本国祚长。
湖光山色栏杆拍，德赛治愚旧梦荒。

蝶恋花　师生再聚南华

记半个世纪前同班师生第三次聚会

虽是古稀思学伴。相聚南华，岁月催人返。思绪涟漪流水侃，老来快乐无私怨。　　往矣曾经千百转。一路同风，时代谁能遣？毕竟朝晖驱闪电，仍然晓梦天涯远。

过虎牢关随想

旅次荥阳道，踉踉过虎牢。
雄关依旧在，猛将浪沙淘。
弭董申严誓，安刘阃晦韬。
干戈终假戢，魁杰枉劳劳。

天门山看珙桐树惜隆冬凋谢殆尽

一株嘉木挺孤擎，掩冉枝柯觉瘦生。
不值春风苏倩秀，只缘朔气惨繁英。
海枯石烂山河改，兔走乌飞岁月更。
为尔通身无软骨，信从开辟便峥嵘。

珙桐，与恐龙同时代的物种，至今天门山尚有其孑遗，誉为植物中的活化石。

左侧竖排：海 上 诗 潮

雨霁金鞭溪

玉振金鞭韵可听，恍疑仙籁起泠泠。
眼前山色横螺黛，雨后溪光晕碌青。
野鸟多情矜巧舌，乱花得意送芳馨。
深闺佳丽谁能晓，觌面方知胜洛灵。

"洛灵"，三国·魏·曹植《洛神赋》"于是洛灵感焉，徙倚彷徨。"

南乡子　十里画廊

眼底画廊妍，轧轧车行十里喧。顾陆倪黄应束手，于焉，谁作丹青一幅悬？　魂梦任翩跹，孔雀开屏翠可怜。虎啸高天翁采药，泂然，大匠罗丹未敢先。

奥古斯特·罗丹，法国雕塑艺术家，被认为是19世纪至20世纪初最伟大的现实主义雕塑艺术家。

● 王　惠

过上生新所有感

无由小径疑多市，屐齿无痕草木知。
更看斜阳穿碧树，满窗桐叶写青词。

临江仙　地铁口遇蜡梅

垣外长衢征拂晓，匆匆行客衣牵。嫩黄羞问试新纨。冷香敷醉眼，薄蕊袭轻寒。　酣梦无多应盼久，几回踏舞婵娟。小红宴罢是清欢。一枝香雪海，万里有情天。

苏幕遮

戊戌岁末，想年来时日忽忽而事事惟艰，因感赋之。

晓衣寒，更旅次。黄叶西风，片片蝴蝶寐。只为情深堪酬寄，霜染枫林，人老江南地。　照红颜，千岁易。一怀襟抱，总被痴儿累。敢借双双青鸟翅，直上晴天，笑饮湖山醉。

● 曹雨佳

咏蜡梅

应嫌脂粉渥，独不畏冬深。
骨瘦挑霜雪，噙香蜡泪沉。
幽怀追满月，静省坐寒衾。
持节怜君苦，依稀踏雪寻。

二月十五日花港泛舟

花港春波绿，轻舟试水温。
柔条低曼影，青荇戏云根。
酒慰迷途客，诗安末路魂。
经年酬一会，湖上共清樽。

少年游　飞絮

繁英落尽鸟争鸣。年少或堪听。飞团竞逐，天涯游戏，袅袅比身轻。　灞陵桥畔春无住，一去更伶仃。拟托东风，斜阳烟里，辗转再相迎。

● 裘 里

读唐人小说

霍小玉传
洛浦巫山各有涯，向来秋扇怨同偕。
鸾歌只在长安远，何必劳心作紫钗。

莺莺传

便是情痴自古休，东床春露亦难酬。
倾身不教花间赋，四月人间雪满头。

虬髯客传

闲情最怕寄英雄，永巷新愁隔旧宫。
自拂榴花映江树，晓风流月与谁同。

● 张　静

忆江南　高铁逐春

千钧发，高树掩新弓。两侧轻梢流翠挂，新晴
还在小阁东？车下问春风。

一剪梅　读松风万壑图

百丈悬崖万壑山。繁木通天，上挂玄泉。虬根
盘地马牙尖，浩浩松风，袅袅岚烟。　　溪水潺潺
映孤帆，才歇闲桥，又居茅庵，不知今夕是何年，
四顾嗟呼，胜似人间。

● 西湖竺

汉宫春·青丘

己亥春月作于云南大家女子雅集

左岸春回，赋兼葭寂寞，铜雀风流。来归雾津
雨渡，空对江鸥。乘风万里，莫如他，醉饮兰舟。
花盛处，湖山在望，翩翩落木思秋。　　重写易安
词句，有凤鸣雁泣，百转千柔。何堪浪淘赤壁，月
满西州。韶光尚好，休学了，临浦多愁。须纵我，
白驹载酒，长歌云上青丘。

● 陈籽澐

清 簟

清簟冷无眠，灯浓一曲弦。
花栽三径下，梅弄雪堂前。
淡墨生绡谱，丹青素纸宣。
凡心安自在，举手谢尘烟。

忆江南三首

人声闹，携手话离离。昵语唤来双鬓老。半天
秋雨唤云低，寒色着人衣。

廉纤雨，南陌沥成溪。一抹斜阳浑不恙，半弦
孤月倍乡思，秋意一声痴。

淫雨歇，酿就一天蓝。白玉翠枝低靥醉，西风
犹自戏君酣。叶叶自朝天。

● 刘 水

过古梅园

飞骑鸣珂拂路尘，朱亭碧水一溪春。
长歌对酒何辞醉，绿萼多情似故人。

别江城

酩酊抛杯一笑休，骊歌唱罢解离舟。
青山渐远烟波静，无那诗心点点愁。

● 朱强强

如梦令 绣娘

低首闺中丝绢，上绣鸳鸯荷浅。纤手掩微澜，
羞赧任它舒卷。东看，西看，郎去不该遥远。

巫山一段云　谷雨

花落知春少，风过柳絮飘。雨中舟泊小亭桥，云在半山腰。　　芳草何曾老，寒青到碧霄。黄莺绿水唱歌谣，年景看今朝。

画堂春　宜兴茶壶

琴棋书画小娇娘，水山花鸟梳妆。平生只肯嫁茶郎，不慕鸳鸯。　　红袖玑珠酥掌，青襟琼玖霓裳。闲来无语对斜阳，淡淡清香。

● 黄心培

龙门石窟三章

一

连云石窟八方尊，意使菩提佑子孙。
伊阙两廊开画卷，草民三世沐鸿恩。
随缘莫管今生梦，悟本堪通彼岸魂。
宝相端庄神采奕，精雕十万壮龙门。

二

造像精微十万尊，终难感化到龟孙。
摩崖石窟凝王气，诣阙皇都满圣恩。
明盗暗偷肥竖子，滥敲狂砸丧灵魂。
惊看宝相多无首，浩劫居然到佛门。

三

功开盛世万邦尊，自可传灯到子孙。
千载悉心弘帝德，几人真意感皇恩。
虽张释教难张本，拜了弥陀乱了魂。
省识红羊留史册，佛门从未佑寒门。

● 傅婉霖

病后见昨夜积雪作

呵嘘成白气，自是立冬初。
月共云相皎，梅同雪并疏。
消寒临九字，拥暖卧三余。
此日当乘兴，闲翻案上书。

分韵得神字暨口占怀金庸先生

书成道义三千卷，赋有江湖五百春。
一夜随风人去后，襄阳无处不伤神。

社课咏李白

古来诗者平心论，当属青莲莫可争。
三岁稚儿歌静夜，七旬老妪侃军行。
寻仙难续千年寿，醉酒独延万世名。
犹有至今思慕者，清明带酒哭先生。

● 王先运

蓬莱长岛游记

碧海长风月亮湾，丹霞白鹭竞蓝天。
置身缥缈瑶池境，许是蓬莱第九仙？

烟台游记

不见烽台起戍烟，蓝天碧海竞诗篇。
儒风薰醉八方客，仙境宜居一万年。

海

上

诗

潮

107

题松江醉白池公园

荷露含香月满楼，江南风味一园收。
得邀司马携玄宰，更焕文光射斗牛。

戊戌中秋

岁岁他乡节仲秋，一轮圆月一轮愁。
明知慈母频南望，忍看东江水北流。

题泗泾镇马相伯故居

俊彦星陈灿若虹，百年复旦峙天东。
殿堂巍峨谁堪敬，伯老开山第一功。

● 高鸿儒

最高楼　次韵友人新年感言

　　新岁又，鬓际叠繁霜。世态故炎凉。此生无算压金线，为人且做嫁衣忙。说恩仇，荣辱事，叹无常。　　方戢影，躬耕言理想。浮大白，举卮夸海量。酬凤愿，璧联双。岂唯李杜诗名盛，肯教元白擅专场？笔如椽，挥恣意，铸华章。

更漏子　初春时候

　　别经年，重访旧，恰是初春时候。多少事，枉凝眸，梦魂何处留？　　人去后，无缘遘，寂寞月宵花昼。凭吊处，意难酬，白云天尽头。

天净沙　清明

　　车流南北西东，几多来往行踪，悉向新坟旧冢。人生如梦，忍教在日成空。

南浦　读青衣遗作锦溪印象

　　闻百啭莺啼，雨乍收，申城昨返晴好。时已近清明，应犹念，歌歇锦溪停棹。相看泪眼，凤眠依旧惊鸿渺。目穷八表。叹空对良宵，月圆花好。　　茫然暮去朝来，此生竟何为，无从分晓。任岁月匆匆，东流水，不觉白头身老。人情浅薄，世间恩怨终难了。莫劳祝祷。盈缩固无常，拈花微笑。

潇湘夜雨　悼友人

　　春竟难回，歧黄计拙，香销玉殒如烟。蓬莱此去远家山。难释解，胸间百结；终撒手，尘世冗烦。苍穹暗，风哀雨恸，裂胆摧肝。　　人生如梦，波云诡谲，枉自悲欢。纵黄金千镒，怎比平安？谈什么，功名利禄；叹易老，花样容颜。风萧瑟，长街落照，秋叶透初寒。

● 方建平

自　在

烦忧不必寻，快乐活当今。
把卷花间诵，煮茶舟上斟。
谁怜无蝶梦，我喜有兰襟。
检点平生事，岂惭华发侵。

八关斋戒

敬坐蒲团上，禅修一味闲。
叹人游孽海，容我梦灵山。
采叶拈花去，披香带笑还。
归期忘计数，日夜学攻关。

己亥扫墓

清明何寂寂，祭奠太凄然。
聊把哀情诉，枉持挽意牵。
深惭难裕后，痛悔不光前。
惆怅阴阳隔，追思又一年。

题春晓图

响雷揭春幕，雨洒翠烟中。
竖塔穿波底，移桥隐柳丛。
轻舟湖上过，重阁岸边崇。
洗完嚣尘味，幽襟一畅通。

● 姚伟富

元旦随想

临窗遥望浦江边，聆听钟声久未眠。
半岛风云多起伏，中东民众倍熬煎。
双赢理念成香饽，独霸思维陷深渊。
脑海常浮天下事，只缘自幼拜忠贤。

赞郑成功

郑公自幼挽强弓，驱逐夷军气势雄。
鹿耳入门人影闪，禾寮登港炮声隆。
山潭儿女传家信，金马英豪举玉盅。
久别故园成一统，美名千古刻苍穹。

鹿耳门和禾寮港，均为荷兰驻军所在地；山潭，指台湾阿里
山日月潭；金马，指福建金门马祖。

● 叶文强

出游忘杯有得

临发匆匆杯却忘，袋茶些怨缩行囊。
膳房借得青瓷碗，依旧冲开缕缕香。

荷

叠艳惊波夏日开，牡丹芍药暗生哀。
端庄品字樟相处，缱绻重台柳并陪。
碧伞缘茎顶天立，夕晖留影寓情回。
谁都愿作潺潺水，甘与沉浮乐与诙。

　　品字荷，荷花中的名品，一蒂三花如"品"字；重台莲，荷花中的名品，开花后，芯中再吐花。

七宝塘桥

当年印象有凉亭，建造多由徐寿君。
日曷桥头一方暖，棹斜水势两边分。
书评传史茶馆静，曲调丝弦手指勤。
岸树停摇飞鸟落，弈棋献计各随群。

● 钟从军

诗友聚会

骚风吹四海，万里滚诗团。
手举迟来握，心仪早聚餐。
擎杯扬国粹，落墨起波澜。
共勉催神笔，依依憾晚安。

游少林寺

当差游佛地，秃岭植新林。
票涨山门阔，河干水渍深。

111

一芦登震旦，七进掩禅阴。
夕照秋风刷，归听北雁吟。

深秋老雁

嘎叫隐苍穹，齐声唱大同。
虽知身易老，不信愿皆空。
共沫三更露，相濡半夜风。
霜天芦苇白，展翅越西东。

● 束志立

满庭芳　中秋望月寄怀

月白苍台，露侵枫叶，蛩吟还断惊凉。洞箫谁
诉，高阁韵音扬。闻道琼楼玉宇，亿千载、寂寞洪
荒。抬头望，吴刚挥斧，桂体有何伤？　　无双。
当此际，天宫漫步，霄汉徜徉。冀华夏神车，不久
将翔。登上蟾宫背影，真面目、纱面端详。嫦娥
喜，酒迎乡友，挥袖舞霓裳。

● 刘绪恒

出席老记者协会拜寿宴口占一绝

曾经沧海犹观水，忘却巫山还恋云。
俗世瞅穿皆是寿，童真苦守自殷殷。

戊戌冬日又读鲁迅文集

浮世钩沉百代功，朝花拾取转头空。
半怜半怒悲三楚，含忿含忧怆九穹。
燕远千行斑竹泪，寒来一野拜尘风。
莫须更问文章事，多少箴言旧梦中。

山乡居所忆水浒故事

谁云尔等皆流寇？江倒湖翻冬复秋。
劫富济贫旌易举，替天行道诉难求。
舟轻水顺舟乘水，水逆舟横水覆舟。
自古苍生唯一愿，春风润泽到田头。

● 张冠城

步韵杜甫春夜喜雨

苍龙行夜雨，春水晚潮生。
万物滋天泽，三更聆地声。
拥衾因薄冷，灭烛惜微明。
谁共无眠语？空余城上城。

农历二月二日夜雨，无寐，枕上作。翌晨三点半。

谷雨即景

空濛零雨谷风斜，独坐芳园数落花。
春草池塘春水满，随心轻拍旧人家。

咏芭蕉树

向天一柱绿芭蕉，独伫池边小石桥。
缕缕丝麻藏铁骨，柔柔情意护樱桃。
经冬不改葱茏色，历夏何曾蛮素腰。
未作临风凭借力，也无残叶任扶摇。

● 张宝爱

年 味

孩提年味君可知？佳节来临祥瑞披。
灯彩染红茅草屋，春联照亮比邻帷。
新衣触发晨昏乐，美食消除肠胃饥。
易逝韶光留不住，谁能返老到儿时。

忆江南　除夕夜

　　除夕夜，老少喜团圆，燕舞莺歌腾瑞气，人和事顺绘新篇。如意润心田。　　新年到，小伙舞狮龙，勠力齐心添自信，扬鞭驱马越高峰。昂首向前冲。

● 刘喜成

国殇日祭语

　　举觞洒泪祭南京，卅万游魂国恨萦。
　　撕破苍天悲故土，溅飞碧血毁都城。
　　松摇浩气千山舞，梅立雄姿九域鸣。
　　罄竹难书谁放笔？大江东去忆群英。

冬至有雨

　　雨牵冬至落江南，洗净乾坤暮岁涵。
　　擦亮红梅当醉矣，轻摇碧竹可交谈。
　　夜长寄梦怀乡远，日短吟诗对酒酣。
　　敲醒新年歌福气，申城万户读春函。

端午感怀

　　梦落惊涛忆爱魂，离骚故事又重温。
　　长歌一曲千江叹，逝水三秋万雨吞。
　　亮节当夸留气派，高贤可仰立昆仑。
　　中华无悔灵均笔，弄浪扬帆抱国门。

● 蒋　铃

吴昌硕纪念馆观后

　　清末民初第一亨，诗书画印四皆呈。
　　青山绿水藏为忆，战火硝烟聚作争。

胆大何曾因智力，才高本自出心耕。
缶庐立派传中外，笔墨生辉赖艺成。

南浔访小莲庄

遮天浓荫访莲庄，秀色荷池饮水光。
馆阁论文挥彩笔，山亭畅咏诵华章。
牌坊肃穆留宸翰，家庙森严祀栋梁。
积善好施源厚德，承先睦族志飞扬。

看董其昌书画艺术大展

以禅喻画董其昌，南北宗论表主张。
学古融今师造化，仿唐贯宋鉴珍藏。
文人意趣玩山水，骚客情怀染墨香。
平淡天真通大道，丹青宝筏渡津梁。

● 颜士勇

冬日感怀

南风又换北风吹，吹断行云人未归。
斜倚危楼天尽处，孤鸿渺渺带余晖。

破阵子

犹记东君致意，更思佳客痴迷。翠鸟舒喉吟妙韵，碧袖凌空舞曼姿。不知日影移。　吹去飘零黄叶，换来傲雪霜枝。阅尽人间无限事，修得禅心正此时。坐听报晓鸡。

清平乐

秋收时节，万里空明澈。一树橙黄枝欲折，最是农家愉悦。　秋霜更增橙香，莫教空惹愁肠。今日闲云野鹤，秋光也似春光。

● 刘国坚

驻杭城夜过台风

声传淅沥晓云重，老树承风意恪恭。
浪下六和孤塔隐，犹耽昨夜过江龙。

少年游　别云

长亭遥送跨重峦，垂柳满郊原。鸿鹄西晋，崑
嵛高峙，峰险更须翻。　　外滩钟鼓无端数，霜雪
每凭栏。一番风笛，两秋栎影，折桂晤婵娟。

少年游　望山

橡桩鹭影伴风号，衍梦病黄髻。蓬莱云近，岚
山枫翠，驰羽转林皋。　　清秋几度长安路，金讯
待常捎。如火江南，染霞双阁，叠岭遍红潮。

沁园春　宜明先生翰墨情缘

日月偷光，千川举案，万山承锥。但临池半
世，沧桑凤迹；画沙万缕，冰雪鸿泥。诗里乾坤，
砚中星斗，魏晋源头觅些微。笑回首、问此生何
趣，读帖研碑。　　古今书艺成规。最唐宋、构嘉
意趣奇。更抚笺摹石，亟需流广；执毫展素，倘赐
提维。翰墨传薪，躬身扶后，登顶何愁山路岐。盼
桃李、尽妖娆枝上，一诺无辞。

● 王建民

沧浪亭赏联

登顶何曾花腿力，读联却费九成功。
一亭二屋三楼阁，更胜名园赏菊中。

上

海

诗

词

骑游曲水园

晚秋凋叶渐留痕，飞骑寻春曲水园。
惊诧天来秦石鼓，流觞还念右军恩。

参加第四届上海草书展开幕式

酷暑炎炎会展堂，谦谦君子素心凉。
蛇惊鸾舞崩云坠，张旭还魂喜曰强。

赴柬埔寨飞机上

白云翻滚雪山迎，金虎矜持火辣情。
暹粒低眉高发髻，哪知古国佛缘生。

● 金苗苓

元　日

瑞雪降年终，宵新撞佛钟。
心祈生活绿，目接未来红。

元宵日京雪

夜来雪一场，晨起白茫茫。
等稚玩雕塑，不期速化光。

正月十七游香山

正月京城晴不冷，初春鸟雀喜催葱。
翠湖亭暖冰出水，情未了新山挤峰。
致远斋中思致远，知松园里省知松。
夫妻退老攀难疾，途识秋深万树红。

● 王腾飞

入 秋

一

桂子香消残叶潛，寒风乍起过篱间。
围炉小酒邀邻客，野岸声平一水潺。

二

晚来闲坐独生愁，庭院飞花渐入秋。
少喜新知暮念旧，诗书数卷伴年流。

三

寒风轻抚过长堤，江上青山雾里低。
出日红光烟远去，船工始见黑衣兮。

四

无边愁雨声声细，满院庭花款款飞。
山远林深寻路径，十年夙愿欠芳菲。

● 王晓茂

己亥年春分偶感

朝阳阴雨伴春分，半度温寒半捂勤。
玄鸟归巢衔暖筑，似捎诗意醉心耘。

愚孙布莱汉姆从学记

黄髫嬉戏习洋文，幼小闻英外教熏。
趣味沟通重语境，童兴萌发打卡勤。

己亥岁立夏偶感

未曾留意暮春辞，依旧熏风暖绿枝。
遍地蛙声鸣不住，樱桃红熟夏言迟。

己亥岁清明前祭奠养母感怀

洗尘细雨祭途凉，拂面清风绪黯伤。
人间举哀修孝善，天堂度乐慰贤良。
叩恩脉脉清闲子，施爱绵绵劳碌娘。
图报欠迟终有愧，儿孙勤勉德行扬。

● **胡培愿**

东京感怀

地铁穿街过，星空度鸟还。
晨光催早起，老妇已朝班。

京都音羽山晚行

杳冥清水寺，半月照檐沉。
坂道通高迹，禅房坐北临。
丛林飞宿鸟，溪瀑在援琴。
千手揽云气，山光似玉簪。
无声生佛性，有相见禅心。
永日和风里，慈恩伴妙音。

清水寺，在京都音羽山上，供奉千手观音；面积13万平方米，由慈恩大师创建。相传慈恩大师乃唐僧玄奘在日本的第一个弟子。

宿日本松风园

客窗帘起外，飞鸟水中俦。
远岫虹围海，长空霭沐州。
温泉山眼涌，天籁古松幽。
草木唐风影，云平不系舟。

金婚歌

雎鸠关关共鸣唱，与卿交颈度时光。
和谐不觉五十载，祝愿儿孙幸福长。

腊八节舍粥

一轮明月照冰天，烧火僧徒夜未眠。
安远路朝玉佛寺，年年热粥暖江船。

每逢腊八节，沪上名刹玉佛寺都要施舍腊八粥。信众凌晨排
队领取，祈求吉祥。

● 顾守维

咏 雪

多年不见玉飞龙，今喜琼花下翠微。
碧树银装奇异景，江山如画尽朝晖。

梅花赞

一

满地冰霜挂故枝，寒梅正在盛开时。
挥毫巧把梅花赞，敢有歌吟动地诗。

二

几经风雨俏枝头，洗褪残妆换绿绸。
待到阳春霜雪尽，迎来百卉遍神州。

上

海

诗

词

广富林

参天骨像印廊轩，松泽先人衣被天。
广富烟岚多俊杰，华亭经笥少喧阗。
莼鲈弃宦返方塔，粮缎贡京誉颍川。
纵有云机藏国帙，稻香诗社看丰年。

一萼红　踏雪寻梅

灿梅园，有浦江滋润，白萼耀平川。香远馥幽，流芳蕙草，清雅一展嫣然。绿紫瓣、岁寒尤绽，惟骄子、风骤落英残。独蕊丛中，亭台楼榭，笑傲花间。　　瑞雪惜临沪畔，树挂盔鳞甲，童稚追欢，美景存怀，申城首任，儒帅一曲惊颜。玉尘艳，沙鸥惊起，但持酒、宾主赛诗闲。待候冬花漫时、踏雪凭栏。

沁园春　半月台

半月台边，四君子欢，旅枕梦残。怅宓公琴抚，史悠菏泽，少陵喜雨，心系平安。太白邀朋，斗觥豪款。语不惊人愧对天。壮齐鲁，有窖藏醪液，香美华冠。　　长鲸吸纳平川，衔杯乐、英雄俱少年。恰一绸二路，锦旗招展；四君三蜜，特产馋涎，此事何难。强科健体，生乃何曾轻负单？争朝夕，但小康瑰现，犒友尊前。

四君子，指唐代天宝年间，单县县尉陶沔和李白、杜甫、高适联袂游单父，登琴台，饮酒赋诗，乐而往返，史称"半月台四君子"；一绸二路，指"丝绸之路"和"一带一路"；四君三蜜，指"四君子酒"和单县"蜜三刀"。

● 钱建新

都市日出观感

胜似泰山看日出，此番美景玉皇无。
曦微些雾星灯淡，霞蔚缤纷穹顶图。
天际朦胧楼厦密，眼前拳舞绕平湖。
怦然喷薄跃红日，都市风光叹绝殊。

梦

梦景连篇绎剧情，时空穿越梦峥嵘。
寒窗热血怀春梦，深院围城梦不成。
宦海梦惊依福祸，含苞病树梦枯荣。
尽忠梦想难如愿，何惧梦中嘘愤声。

随　感

人生福祸论兴衰，好歹修行已坐胎。
枯木萧萧春尽翠，沉舟侧侧竞帆来。
荣华权贵多烦恼，贫贱夫妻百事哀。
德善奉公勤奋好，健康寡欲最应该。

● 许干生

到浦东图书馆看书

阳光马路暖风徐，漫步休闲去读书。
莫叹寂寥人已老，文山诗海治心虚。

城市元宵节

花灯自古闹元宵，鞭炮从来喜庆谣。
莫怪城中无节气，天天灯火九天烧。

今日回老家

凌晨早醒一家哗，整理行囊去老家。
讯伴清风千里至，门前桂树可开花。

老年生活

一日三餐不用愁，事情大小再无忧。
游山玩水凭兴致，一本唐诗枕到头。

● 张顺兴

游召稼楼古镇（新韵）

明珠小镇缀江南，两岸风光一水湾。
旺铺老街云聚贾，嘉肴陈酿梦催眠。
石桥碑刻说踪迹，亭榭雕甍溯宋元。
波面橹摇声欸乃，扯牵思绪返童年。

召稼楼位于上海市郊，其历史可追溯至宋末元初，谈氏家族在此垦荒召耕，已有八百多年历史。

游古漪园

胜游古漪入时妍，次第风光惹众怜。
绿竹猗猗云隐翳，香梅艳艳梦思眠。
廊轩楼阁呈风韵，松石佛幢溁水天。
缺角亭前留个影，风光入眼慕前贤。

缺角亭又名"补阙亭"，在园中竹枝山巅，三只檐角作拳头紧握状，东北角缺。为警示"九一八"日本侵占我东北而建，寓意"缺角志耻"。

咏辰山植物园温室馆

神奇佛手唤雷风，东土移来梵界宫。
淡淡兰香沁仙迹，摇摇椰影护芳丛。

棕榈橄榄伟男子，乔木菩提冠杰雄。
似苑还非天竺苑，心圆梦境亦通融。

　　菩提树，当年释迦牟尼曾在树下"成道"；贝叶棕，其叶似手掌一般散开，古印度用其叶刻经文，称"贝叶经"；油橄榄，世界温室栽培中最古老的植株。

● 徐人骥

糟糠手术前后寄语

一

数度劫难缠至今，古稀染恙暗中侵。
融疏博习媳儿荐，祈盼险无迎吉临。

二

金睛探找病根呈，仁术巧施防祸生。
苏沪奔波陪侍奉，斜阳霞蔚一身轻。

　　"博习"，苏大附一院的旧称为博习医院。

有感农民工过元宵节

细雨间连驱雾霾，晨昏料峭浸阶台。
朔风迎送相煎泪，踏雪探寻好积财。
团聚一堂终席散，离分两地失亲陪。
冀祈梓里彩灯美，璀璨上元争夺魁。

● 李学忠

枫　叶

禁受风刀霜剑攻，傲然屹立是丹枫。
犹如霞锦层林染，满岭嫣红入画中。

咏　春

和风翦翦柳如烟，翠竹青青媚碧涟。
桃李轻佻争吐艳，蜂蝶欣喜舞翩跹。

黄莺呖呖啼红树，杜宇咕咕促种田。
五彩缤纷芳满甸，春回大地物生鲜。

少年游　红梅

冰心玉骨美人腮，祝岁报春来。冷香浮动，如霞似锦，绽雪蕊寒开。　　绿裳退尽丹心在，莫使染尘埃。扫榻相迎，百花齐放，大地敞胸怀。

● 姚瑞明

赋寄告台湾同胞书发表四十周年兼和褚水敖会长元旦书感瑶韵

史事茫茫竹册陈，百年衰弱喜逢春。
神州崛起依开创，故国繁华仗革新。
十亿脱贫多可贵，万邦尊慕卓殊珍。
台胞隔海团圆盼，一统江山美梦真。

● 雷九畴

假　日

假日恙虫侵害身，访亲佳节也沉沦。
无情责令心寒处，有意铺床被暖人。
风烛残年尝寡味，康宁生命喜增伸。
难为独子陪承受，孝顺操持见德仁。

往事如烟

自从小学业完毕，便入初中升级迎。
一日三思承古意，四时四季育今英。
黄昏难舍夕阳落，老骥无忘解惑情。
离校梦中回教室，退休岁月恋勤耕。

● 曹祥开

庐　山

名山撩客醉，红叶染金秋。
云阶九重接，清泉三叠流。
依松留靓影，入洞访仙叟。
直上天池处，风光不胜收。

仙人洞，传说吕洞宾在此修炼成仙。

莫干山

莫干胜地好休闲，流水小桥瓜果鲜。
溪畔翠林传鸟语，晓峰红日染乡天。
清风扑面精神爽，美景撩人雅趣缠。
谁唱老歌边起舞，容光焕发似青年。

● 吴家龙

己亥谷旦

甲子循环进亥年，新时新景又新天。
奔驰玉犬呈优绩，漫步金猪看福田。
改革四旬明众富，诞辰七秩展图鲜。
佳期春节人情旺，华夏欢腾家国贤。

己亥大年初八瑞雪

岁朝初八雪花抛，白絮团团大地飘。
栋栋房檐片冰挂，家家车道堵齐腰。
皑皑郊野添新景，阵阵寒风盼碧霄。
五谷丰登秋九日，亿民欢庆乐夭夭。

齐天乐　嫦娥四号成功落月

2019年1月3日10时26分，历时二十多天，嫦娥四号首次将月球车轱辘印压在月球背面，闻之欣填一阕。

太空二十天巡旅。嫦娥号闻心语。圣职藏胸，凌云壮侣。妆饰长腿纤杵。脸盆脚举。正四女无眠，尽吐情抒。峻岭崇山，忽高忽低峡间舞。　　鹊桥通信协助，为姿容调整，垂直降处。月背星人，寒宫探息，录有图形无数。全球目注。笑技艺高超，宇寰夸誉。落月篇章，庆欢呼击鼓。

"脸盆脚举"，形似脸盆的大脚掌。

●陈吉超

立　春

几处寒风东复东，开梅静待与谁同。
珊珊鸡日鸣其德，添上桃红送老翁。

小　池

一池清水两壶茶，窗外秋风秋日斜。
几个小荷浮水上，要知客至欲开花。

长相思　中秋

落一张。又一张。秋叶偷偷树下妆。涟漪着水裳。　　桂花香。菊花香。浦月倾银还未央。照人身影长。

●顾士杰

己亥春老同事团拜会

新年团拜悦来聚，相见缘于锁业人。
杯酒敬巡添晚景，铅华已逝乐余春。

春　意

春寒料峭雨穷躲，渐露暖阳翠色浓。
路上行人比肩瘦，田园花蕾秀枝丰。
闲翁得意任时转，衰草知苏凭地从。
又是山河明媚季，呼朋踏景去寻踪。

● 张涛涛

梦里乘车南下过华山东门遂不能眠
集十六年心迹成七绝吟之

一

此日出关多泪痕，行囊点检已黄昏。
诉怀欲说圣贤事，汽笛长鸣几断魂。

二

雄姿万仞未登攀，可是神州第一山。
愿此能彰千里眼，书生今日出潼关。

三

一种痴愚或可亲，几人通透不嫌贫。
营营自愧无长技，唯此初心尚未泯。

四

吟怀兴起不能眠，梦未圆通敢息肩。
耿耿星河一杯酒，此心直可对青天。

五

痛饮狂歌说圣贤，耗神煮字续心弦。
三千废纸留何用，老后飘然作纸钱。

● 葛贵恒

己亥春南京路万人同歌我和我的祖国

万众当街歌祖国，忽如雷动震天开。
和春捧出心中爱，逐梦赓新向未来。

怀岳飞诗登翠微亭

昔读翠微今访谒，齐山拥黛见亭雄。
马蹄远去诗碑在，焕奕精忠千古崇。

植树节有寄

日丽江南二月天，春堤输绿笼轻烟。
若教长好风光在，扦插当机切莫延。

访贵池杏花村

日朗风和走池口，行吟问道翠微东。
层楼酒肆帘卷绿，十里烟桥杏染红。
燕舞莺歌村焕美，车来人往店兴隆。
牧之馈遗诗吟此，誉望千年遍国中。

● 王新文

复旦正门侧杜鹃花丛

人赞人怜汝自知，栽移修剪任摧欺。
心心念念思山野，洁雨清风伴劲姿。

故乡烟台

又看云飞望海天，风雷激荡在心间。
飘香秋果枝头硕，树有深根水有源。

海

上

诗

潮

雨中游乌镇

雨密雾浓寒意重，难邀桃柳幼春停。

石桥栏湿人影少，酒铺座稀暮烛明。

炉冷坊空余旧事，瓦青墙白响新铃。

沧桑几度橹声里，过客匆匆可细听？

西江月　残墙

火噬竹庭茅屋，风悲母泣婴啼。殷殷热血入尘泥。百户寂留半壁。　　云过烟消雾散，花红莺唱童嬉。如碑旧迹伴青溪。静看新楼林立。

井冈山斗争时期，山上一百三十多户人家，家家有死难者，被国民党军队和地主武装杀绝杀尽的有六十多户。房屋全毁，山上仅存一堵残墙。

西江月　南浔

云暗天低水阔，风轻雨细雾浓。莺声燕影入空蒙，河畔烟波香重。　　久别芳晨三月，数番曾往花城。娇红嫩绿竹弦中，更醉江南春动。

因赴新加坡讲课多在三四月间，故曰"久别三月"。

● 朱化萌

老梅听音

四明阁畔腊梅开，香溢西山雅气来。

老树繁花争俏丽，欣闻越曲奏瑶台。

人月圆　登羊额岭古道

新春佳节天晴朗，结伴四明行。勇登古道，神驰意往，何顾衰龄。　　碧潭绕岗，深庵寂静，翠竹长青。力攀岭顶，周身热汗，终慰生平。

人月圆　探寻四窗岩

四明胜迹传天下，首数四窗岩。下车寻探。山村问道，辗转朝前。　　群峰雄立，溪流湍急，不见人烟。拾阶奋上，真容喜见，恍若神仙。

鹧鸪天　高风中学赏早樱

晴日追樱寻影踪，黉宫深处仰芳容。如雯似幻千般醉，恍若身临仙境中。　　风已起，意相融，与君欣对赏心浓。眼前阵阵飘花雨，丽景怜怜叹寸衷。

● 韩华来

古风绝句三首

为赠画枇杷小鸟题诗感谢海萍忘年之交
小鸟依依美亦柔，枇杷累累满枝头。
功夫精细重情意，老少忘年乐无忧。

观荷偶得
荷花池塘数枝红，压枝弯腰舞东风。
身陷污泥品自洁，更爱采莲乐其中。

清明节八十登高
晴日登山试比高，群峰低首我堪豪。
桃花笑我人已老，我欲来年上碧霄。

● 顾建清

嘉定古迹风景

法华古塔
浮图出笔尖，风雨写桥边。
墙白树还绿，川流八百年。

聚奎穹阁

壁奎辉院东，朝夕指苍穹。

桑梓犹如此，潭明映日红。

桥映香花

香是静心禅，花为明眼缘。

一虹升寺畔，经咒起霞烟。

练祁双桥

期识奥区优，多从祁沥游。

金沙双曲处，痴绝是嵊州。

古嵊桥韵

东浦景堪夸，繁荣传笑哗。

波回穹石处，临牖衔闲茶。

● 夏建萍

题新居二首

一

爱此幽居翠竹边，风声鸟语好参禅。

拟从玄理明真际，早向红尘了俗缘。

且寄新吟呈远昔，直将余酒敬来年。

清斋只合无相伴，便对芳菲亦寂然。

二

卜得幽居地自偏，依山傍水好修仙。

探寻法界知何处，清净凡心别有天。

未许青衫怀旧恨，直将余酒敬来年。

分明勘破人间事，窗外梅花色正妍。

浣溪纱　暮春二首

一

细数新篁翠又青，胭红几点散芳馨。阶前更喜有幽亭。　　水色涟涟闲里看，啼声呖呖静中听。枝头双鸟互梳翎。

二

墙内幽枝欲破门，樱垂柳绿几重春，相看花下却非真。　　别有嫣红生浅笑，岂无烟雨洗香尘。莺来燕去不留痕。

● 徐登峰

己亥清明祭扫

一

冢前置几敬茅台，三跪悲声诉久哀。
散尽丹银能复得，家慈乘鹤怎归来。

二

冥钞轻扬伴白花，香烟袅袅泪如麻。
呼娘遍遍风声急，翠柏枝头噪暮鸦。

己亥清明节祭扫烈士陵园

飞花弄影报芳春，冷节年年景福新。
半座南山生翠柏，三盅老酒酹贤臣。
几吟青史多争烈，三叩忠魂倍觉亲。
万里江天风雨恶，碑林寄语嘱来人。

画堂春　春草

斜风细雨报春归，暖流染绿蔷薇。小园楼角有清晖，叶密枝肥。　　寂寞几分尘土，难能披展新衣。萋萋浓荫足音稀，饮露忘饥。

● 倪卓雅

张江高新技术开发区
规划建设国家科学城（新韵）

昔时静谧是农田，禾稻青黄小院前。
植下碧梧摇曳曳，引得金凤舞翩翩。
信息技术来硅谷，设备人才聚药园。
发展蓝图今又绘，新城矗起浦江边。

添字采桑子　芭蕉

芳姿一树青罗扇，点缀秋庭。点缀秋庭。袅袅摇摇，葱碧惹思情。　　幽人小径寻佳韵，月白风清。月白风清。蕉叶题诗，吟诵与谁听。

摊破浣溪纱　桂

碎玉纤珠朵朵轻，蟾宫飞落路层层。只愿红尘香甜满，爱分明。　　春雨淋漓枝叶润，秋风萧瑟绿还生。四季青葱飘馥郁，寄深情。

● 陈晓燕

春苏桃花

东君又幸小桃枝，倦暖清流妒靓姿。
邀约野凫翻碎影，嗟呀不得落红痴。

天净沙　古镇西塘

长廊古弄人家，绮窗藤椅山茶。劲舞笙歌酒吧。霓虹影下，一篙烟雨生涯。

南歌子　元夕上海城隍庙

凤展七霞帔，龙盘九曲桥。朝天赤鲤玉泉浇。千叶清莲浮碧、佛光昭。　　谜语花灯缀，香烟庙宇飘。笙歌妙舞雨潇潇。伞底人流如注、闹元宵。

● 杨一安

扬　宗

和师生在太湖边野行感

行野心广远，舒神忘我容。
山呈金富贵，水是浩然龙。
草木迎兄弟，禽花悦体胸。
人天相应合，何处不扬宗。

贡　列

石公山太湖观赏记

公山富赏石，美誉可称天。
瘦作苗条体，皱呈丰折弦。
嶙峋漏弯孔，交错透纹旋。
烟绕螺声奏，贡品列名前。

德　春

拜石公庵海灯法师灵塔感

石公庵景浩然神，能引海灯于此身。
明月坡平宽视野，太湖水渺接天陈。
梅花桩法称拳绝，二指禅功誉祖珍。
灵塔今存缮修处，德彰万古悟长春。

● 李文庆

五四有怀

醒狮震天吼，道义卷惊潮。
百载风雷激，长歌李大钊。

新春偕家人游共青国家森林公园

绿岛颜开入画新，相携晴暖浦江滨。
翠深林海风翻浪，红艳疏枝梅放春。
柳外小舟闻笑语，竹边幽径绝轻尘。
清清溪水悠悠思，共话当年栽树人。

清明敬谒龙华烈士陵园

惊雷滚滚震心头，烈烈英风壮九州。
血染红旗鲜万里，魂凝淞沪铸千秋。
艰难追梦河山美，苦乐牵怀家国忧。
浩荡浦江催奋进，高歌义勇慰同俦。

南歌子　中山市观荷

绿卷澄湖嫩，红开晓日新。莲歌南国笑风云。
雨霁天青、含露发清芬。　　雪蕊非敷粉，初心不
染尘。凌波脉脉梦伊人。苍岭多情、欢舞伴冰魂。

● 张忠梅

探　春

几度寻春未见春，夜来细雨滴清晨。
南塘堤柳青丝荡，园里龙孙头角伸。
枝上黄莺呼伙伴，檐前飞燕傍新邻。
和风送暖来千里，旖旎风光欲醉人。

写在五四百年纪念日

百载风云心际翻，声声怒吼震长天。
满腔义愤斥强暴，一片衷心捍主权。
公理昭彰在何处？睡狮猛醒启新篇。
抚今追昔求真谛，国格须凭内力坚。

采桑子　读联洋新社区报

芸窗彩报临风读，满目华章。满目华章，最是心声，情挚暖衷肠。　百花园里娇枝艳，嫩蕊芬芳。嫩蕊芬芳，云紫霞红，相聚酿春光。

鹧鸪天　听浦东开放开发回眸讲座

新建家园费苦思，东风送暖好乘时。宏图巧绘展华彩，黄浦欢腾亮绮姿。　楼拔地，路生辉，大桥高架巨龙飞。明珠熠熠江波灿，又听潮头征鼓催。

● 季　镔

咏大观楼长联

风尘仆仆至名楼，蓝底金联夺众眸。
领袖品评多嘉许，长联词采足风流。
壮观景色皆言尽，寒士贬褒无保留。
我辈精神今胜昔，征途奋进绘春秋。

毛主席曾评此联"从古未有，别创一格。"

川沙行三首

名人苑

城墙开辟名人苑，古镇增添新景点。
三位伟人雕像前，花团锦簇慰忠胆。

三位伟人，指张闻天、宋庆龄、黄炎培。

海

上

诗

潮

瞻仰朱家店抗日纪念碑

深沉纪念读碑文，敬仰英雄慰国魂。
鬼子当年扰百姓，我军设伏伺敌人。
关门打狗获全胜，杀敌牺牲援万民。
思昔抚今心血涌，征程立誓倍精神。

参观鹤鸣楼

仿其黄鹤著鸿猷，川沙高塔鹤鸣楼。
回廊画栋百杆竖，翘角飞檐四匾讴。
熟视浦西思比翼，宏观海外竞先筹。
中天唳鹤程遥远，沪市芳郊竞上游。

鹤鸣楼乃赵朴初题额，四周有四匾：东曰海天旭日，陈从周书；西曰江东妙境，谢稚柳书；南曰声闻于天，朱屺瞻书；北曰钟灵毓秀，周慧珺书。

● 王伟民

游多伦路文化名人街

激荡风云盼曙光，左联畴昔赤旗张。
断街曾印先贤迹，小阁犹飘馀墨香。
欣看林阴立塑像，敬钦犀笔作投枪。
传薪更喜有人继，美刺分明正气扬。

秋夜游桂林公园

树影婆娑掩画楼，曲廊怪石径深幽。
游园人气秋尤旺，藏叶莺声夜更柔。
金粟缀枝香缕缕，银蟾含笑意悠悠。
纵无杯酒已心醉，斗转三更兴未休。

● 陶寿谦

垃圾分类义不容辞

十里长街不见脏，清香扑面意舒长。
千家万户勤分捡，四类群宗集队忙。
百福春风环境暖，一城皓月市民祥。
垃圾或非无用物，汇入洪流注小康。

● 贾立夫

八十述怀

布衣蔬食乐如仙，冬去春来又一年。
踯躅山乡寻梦蝶，浮生海上逐飞鸢。
每临聚散吟明月，敢向风云借碧天。
莫道尘烟人易老，回眸一笑草芊芊。

回乡见闻

几日沉沉雨打蓬，梅林处处闪霓虹。
姑娘采摘身如燕，壮汉抢运步似风。
路口弈棋三两叟，池边濯足一群童。
夜栖云端芦山顶，时有山歌入玉枕。

梅林，此处指杨梅林。

陶都晨曲

长篙一挑野鸭惊，河岸果蔬沾露青。
茶室人来烟袅袅，幽亭雾去玉婷婷。
远山刚报东方白，竹海频传倦鸟醒。
谁举紫壶勤续水，茶香醉倒两三星。

海

上

诗

潮

139

● 王怡宁

步韵胡中行教授入门

绛帐欣闻将启门，欲窥堂奥觅诗魂。
秦砖汉瓦情长在，宋雨唐风韵永存。
瀛海苍茫探蓬岛，高山雄峻仰昆仑。
传承求索途迢递，礼拜杏坛随道尊。

咏　竹

随风摇曳意悠游，晴翠千竿一望收。
嫩笋出泥迎晓日，老枝横岭饰清秋。
虚怀察纳人间事，高格比肩天上楼。
制得洋洋万支笔，民情写尽更何求！

喝火令　盼春

絮絮飘霪雨，柔柔起惠风。艳阳何日再重逢。
湖畔雪霙犹盛，兰草已葱茏。　　画上观明月，诗
中觅彩虹。乐声悠雅满帘栊。盼得云开，盼得瑞霞
红。盼得百花齐放，春意自醇浓。

雪霙，梅花别称。

● 葛建新

退　休

岁月沧桑摧我颜，离情别绪小家还。
遑遑甲子无虚过，燕息檐梁暖意攀。

清晨摄菏

晨对朝霞神抖擞，长枪短炮觅芬芳。
小荷才露尖尖角，大地微飘缕缕香。

站位构图随指按，聚焦创意任心狂。
人生曲径通幽处，享受华年乐夕阳。

调笑令　众兄弟滨江森林公园休闲

邀请，邀请，滨江森林赏景。群鸢逐日影斜，蜂蝶喜扑恋花。花恋，花恋，祈佑兄亲体健。

● 王　云

游普陀朱家尖

越极多名胜，今从岛海游。
法知千悟得，慈面一瞻求。
风寂苍山暮，潮生碧海幽。
当垆人共月，笑劝蚝虾馐。

咏大邱泾

问道成均凡三载，最思清碧掬如珠。
野禽不解高飞翥，远水波纹起又无。

余负笈上外，居松江校区凡二载，校内有水，名大邱泾，风光绝胜。

戊戌冬闻某市落叶不扫令因为戏题

西风一夜临江左，木叶萧萧霜华威。
有令忽来休洒扫，长街十里蝶黄飞。

长相思　怀乡

山半城，水半城。千古风流且对觥。灵鳌托敬亭。　谢公情，李公情。舞榭歌台声不听。秀蛛偎晚陵。

吾乡宣城，地形似鳌，旧有乌龟地之称，城内有地名"鳌峰"。

● 谭惠祥

梅　韵

一枝独秀斗婵娟，逸雅清魂恍若仙。
翰墨凝香梅入赋，唐诗染韵雪成联。
把杯常读花心动，挥笔犹书人月圆。
傲骨无争春在后，春风有度醉当前。

沁园春　汨罗思远

四海归宗，九州华夏，共祭国殇。恨楚王昏
庆，萧墙祸起，奸臣当道，逐放忠良。苦涩凝词，
辛酸挥墨，刚正修身书九章。风云起，唤苍天寰
宇，淘尽沧桑。　　频频忧愤填腔。仰天叹，血凝
兴与亡。道九泉魂魄，一身正气，英名永在，万古
流芳。日月生辉，乾坤朗朗，投笔纷纷恨未央。铮
铮骨，若竹风松节，侠义柔肠！

满江红　八一礼赞

万里神州，硝烟起、连年战乱。回首处、看锤
镰耀，义旗漫卷。翔宇南昌匡复举，润芝湘赣军魂
建。碧血凝、赤帜若明霞，晨曦绚。　　卢沟恨，
皖南变。民族难，何时散？率工农奋起，史书重
撰。抗战八年驱贼寇，渡江百万除痈患。放怀吟、
一曲满江红，千秋赞。

　　翔宇，周恩来字。

● 傅挺水

登九江浔阳楼

沿滨楼峙入云宵，槛外长江帆影遥。
书说公明醉题句，至今浔水夜惊潮。

142

上

海

诗

词

胡 杨

曾游塞外探遗踪，触目奇姿血荡胸。
铁骨铮铮兀荒漠，蟠根曲曲笑严冬。
惯听狼哭声凄厉，闲看蜃楼影淡浓。
苦辣酸甜谁省得？无言月夜对琼峰。

凤凰台上忆吹箫　重阳抒怀

朝濯沧浪，午临南苑，不妨信步徐行。恰野枫丹染，月桂香盈。驰目黄花匝地，风起处，蝶舞蜂鸣。天蓝澈，重阳绚丽，难得清明。　嘤嘤。有莺唤我，亭畔正流觞，锦瑟琮琤。愧朽翁才拙，姿韵平平。应喜霜松修竹，犹独立，含笑阶迎。登高去，茱萸遍簪，共赋秋声。

● 纪庆申

假日游渔人码头有感

金天排雁舞，夕彩落江红。
锦岸游人织，云帆笛晚风。

卜算子　端午发小聚会

午约校同窗，恨晚青丝雪。烟雨关山几度愁？一笑阴晴月。　早把初心收，却染残阳血。缱绻情真聚晚堂，把酒端阳节。

虞美人　莲池趣事

鸡啼星远炊烟袅，灶影纤姿窈。篱墙小雀腹含饥，碎步馋香惊起落斜枝。　叶舟短棹金波缓，莲动蜻蜓散。翠盘蓝蝶舞移丛，又醉芳颜旧梦寄新红。

秋　韵

澄江涵影雁南飞，庭竹娉婷翠叶肥。
河上渔舟星火烁，渚边鸥鹭穴巢归。
近聆蚩蝈吟秋曲，远眺桑畴落夕晖。
帘内谁人弦瑟瑟？幽燃红烛隐罗帏。

定风波　碧水禾畴万顷秋

碧水禾畴万顷秋，烟纡草甸牧沙牛。芦荻花摇翩妙舞，扬絮，筠溪波皱漾轻舟。　　鸥鹭巡湄鱼蟹啄，影掠，冥鸿翔困渚丛留。　一抹丹霞披锦舍，矜诧，身于阆苑已无愁。

念奴娇　晚秋

霜秋临近，见桂凋柳瘦，雨歇穿霁。银杏娇黄凝白露，苍宇蔚蓝晴旖。红染枫林，翠侵筠竹，五彩多情水。层峦连嶂，眺江山映华丽。　　极目天际征鸿，荒原伫鹤，唤伴嘶声厉。慵倚栏杆羁绪处，随即新年添岁。朝是青丝，暮成白鬓，尝尽愁滋味。夕霞红遍，黄昏依旧沉醉。

观吴淞古炮台感悟陈化成将军

持刀独立炮台边，拂去硝烟泪潸然，
弹片横飞惊后土，孤军血战动皇天。
将军浴血征袍裂，士勇捐躯要塞前。
屈辱深埋兵秣马，民族复兴写新篇。

看知青剧有感

长江滚滚泪交流，百万知青绣地球。
背负青天收五谷，面朝黄土仿耕牛。
年华虚度言无悔，心底无私探索求。
国道昌隆同命运，舍身取义写春秋。

疑是穿行到大唐

秋韵西风微透凉，荷塘月色已成殇。
枫林横笛曲悠长，篱畔黄花傲冷霜。
观诗苑，庆重阳。词林妙手写华章。
吟笺歌赋屏前挂，疑是穿行到大唐。

● 褚钟铭

戊戌秋过燕北

雁影云天渺，松涛浪谷连。
残阳融驿道，晓露湿窗沿。
落木客心怅，踏霜秋意缠。
箫声何处起？驻杖望燕然。

"燕然"，出自班固《封燕然山铭》。

满江红　南京大屠杀八十年祭

血雨腥风，金陵碎，秦淮河泣。闭泪眼，人间
地狱，死冤魂寂。幕府山悲寒水赤，石头城咽哀云
黑。望江天，看恶鬼横行，荒人迹。　　倭寇罪、
千年立，家国恨、何时毕。八秩凝公祭，警钟鸣
笛。故国几经烽火急，强军百练金戈叱。哭南京、
三十万亡灵，长安息。

"家国恨"，外祖父死于日军大轰炸。我将燕北四首稍作
改动。

采桑子　雪·梅

　　朔风吹得梨花落，絮舞苍穹，素裹娇红。俏立寒冬玉骨丰。　　十年长别相思梦，梅雪重逢，却又匆匆。谁恋冰魂二月踪？

　　"冰魂"，梅花别称；"十年长别"，与 2008 年大雪整整十年之久。

● 王　惠（浦东）

咏玉兰

　　清荷玉立俏枝丫，昂向云天灿若霞。
　　莫问春光深几许，纤尘不染尽芳华。

减字木兰花　春迎

　　燕回泥暖，陌上花开香溢远。布谷声声，四野春耕烟雨萦。　　风拂绿柳，一曲笛音迎故旧。漫舞翩翩，万里青空飞纸鸢。

● 杨卫锋

雪

　　昨夜云霄落玉沙，千枝飞白洁无瑕。
　　赊来半捧化春水，静对虞山一盏茶。

浪淘沙　谒仲雍墓

　　族事已明昭。万里迢迢。移根换叶筑新巢。但净灵台终不倦，昨日今朝。　　江左谷风飘。千指听箫。白云苍狗一肩挑。抛了怀黄天作地，再种春桃。

　　仲雍，姬姓，西周人，因避让王位由陕西迁居江苏，为无锡常熟始祖，墓在虞山东麓。

● 葛思恩

沈园夜茶

烛影桃红淡淡风，闲池孤鹤紫茶盅。
蓑衣独挂春波绿，桥下伤心说放翁。

过赵公堤

不问东风不羡鸢，燕南庐北水含烟。
春秋阅尽梨园梦，十字坡头莫比肩。

燕南寄庐，京剧武生一代宗师盖叫天故居；十字坡，盖代表作。

海

上

诗

潮

风
云
酬
唱

【元旦抒感】

● 褚水敖

元旦抒感并贺亲友新年

一年百味自横陈，过眼浮尘又望春。
风雨长狂神照旧，身心久健气图新。
书观雅室林泉静，诗仿高才意境珍。
常念无非家国事，滔滔鸿运梦成真。

● 陈思和

和水敖兄 2019 年元旦诗
兼伟大五四运动百年祭

弱国外交须自陈，百年文坛又逢春。
生当独秀人皇在，魂作青年北大新。
己丑辛酉双子座，跳蚤龙种一家珍。
闲来回首迢迢梦，微念不生守我真。

● 徐非文

元旦次韵水敖先生

枯笔难圈乏善陈，逃禅南国独寻春。
喜观碧浪无边起，静待神州万象新。
铜臭生涯人已倦，书香滋味我犹珍。
且凭半世浮云过，留取心头一点真。

● 姚国仪

次水敖吟长元旦抒感韵

渐老襟怀味杂陈，曾因酒醉哭青春。
梦中光景犹关昨，座上言谈不入新。
几寸诗肠惟恐断，十年吟席倍堪珍。
韶华似水谁能止，来往人生贵识真。

步和褚水敖先生元旦抒感韵

暮岁风声百感陈，枯蒿满目自萌春。
白头应蕴时光老，青眼全看气象新。
四季花园何处艳，十年湖畔足堪珍。
如今宜把书斋净，心醉韩欧读认真。

步韵褚老师元旦抒感

年来旧事可堪陈，唯把初心供九春。
正感竹消三节瘦，忽惊梅放一枝新。
云霞有意谁传妙，天地无言自化珍。
相看青山长日静，繁华落尽始归真。

元旦抒怀同题步褚水敖老师韵

终日营营何可陈，心无所住便为春。
年年万事求如意，岁岁孤行未有新。
翰墨相随清气近，诗文与伴逸思珍。
浮生问道征途远，长葆胸怀一片真。

新春书怀

荏苒经年难具陈，今逢正月话迎春。
腊梅齐绽香犹暗，岸柳初萌叶已新。
高远凤怀君莫笑，寒微敝帚自为珍。
何当共渡长江水，鼓楫扬帆情更真。

风

云

酬

唱

● 何全麟

步水敖会长元旦抒感韵

匆匆岁杪待铺陈，平淡无奇又一春。
往事依稀常入梦，浮生迤逦尚留新。
诗山醉月勤为径，词海迷花苦亦珍。
品茗围炉三百卷，长吟李杜性情真。

● 陈晓燕

元旦抒感步褚水敖老师之韵

三元萌雪瑞符陈，箭镝无端又戏春。
鬓白常嘲书案旧，眼昏还赞桂轮新。
墨痕浓淡怜其静，尘色浅深堪自珍。
喜向屠苏寻趣事，半醒半梦半天真。

雏凤清声

复旦大学中文系研究生作品
菩萨蛮二十三首

● 胡中行

序　言

　　自从退休之后，一直在为复旦中文系的创意写作专业的研究生讲授诗词创作课程。今年，我向领导提出请求，不再开课了。于是2018级的学生就成了我的复旦教学生涯中的句号。

　　创意写作班的培养目标是作家，这个班的学生写作能力理所当然都比较强，但他们的主攻方向是小说散文或者剧本，诗词创作只是作为提高文化修养的一种手段让他们选修的。几届教下来，修这门课的学生普遍反映，在创作小说散文剧本之余，学点诗词创作来提升自己还是很有必要的，对他们的"主业"也是不无裨益。所以他们学习比较认真，悟性也比较高，作为老师，教这样的学生也比较轻松愉悦。一学期下来，他们的成绩令人满意。这里所展示的，便是他们的习作。

● 曹源远

菩萨蛮

　　光芒闪烁迷人眼，花团锦簇山河染。红曲入云霄，众人台下瞧。　　美食盛满碗，焰火连天转。今日喜洋洋，国人忙又忙。

● 范淑敏

菩萨蛮　中文系庆

　　申城之上卿云薄，高朋共赴松窗乐。满座再相逢，百年基业成。　　人杰堪任重，古今薪火送。无用是逍遥，有为甘作桥。

上

海

诗

词

154

● 黄 瑶

菩萨蛮　迎元旦

神州欢庆迎元旦，今宵结彩星灯灿。歌舞耀中华，激情化酒茶。　　国强民旺旺，展志鸿途亮。辞旧暖春来，百花又竞开。

● 江姗珊

菩萨蛮

少阳梦破晨曦薄，凉星未觉栖玄漠。百纳万重山，江河东不还。　　他朝风雨没，我傲神州骨。一点泪淋涔，赤霄方寸心。

● 刘东兴

菩萨蛮　诺贝尔物理学奖得主巡游复旦

星辰粒粒飞岩积，银河暗卷波光隙。引力撼天仪，百年惊梦迟。　　梦惊通断路，海上群英晤。谁摘夜明珠，长途入短途。

● 冉自珍

菩萨蛮　六盘山隧道

六盘岭上寒英染，行车至此愁天堑。当代有愚公，凿山通陇东。　　千轮奔日夜，货品传冬夏。百姓喜相迎，长征重启程。

● 涂 莹

菩萨蛮

迎春花笑扶桑客，东人西语遥相隔。误听作杉山，笑谈两岸传。　　公园晴好处，引伴呼朋去。隔海又连天，同心年复年。

● 王超逸

菩萨蛮　中文百载

　　江湾浩浩流东海，中文百载张灯彩。日月耀光华，东南桃李嘉。　　宿儒时彦众，撸袖同怀梦。历久且弥新，魁星辉沪滨。

● 王　洋

菩萨蛮

　　鹧鸪惯做空中语。隔帘一夜闻风雨。枕上览朝阳，天明风味凉。　　今日欢会少，只合佳期老。向晚不逢人，天灯启初晨。

● 郁信然

菩萨蛮　少年宫

　　少年宫里人如织，儿童家长奔教室。一早满场车，小孩如小鱼。　　挥毫临汉帖，总问何名物。大字未曾知，拜师读古诗。

● 张　黎

菩萨蛮　反腐

　　古来硕鼠欺民苦，今朝明主清其腐。参近古名臣，扶匡尽瘁身。　　守廉平二字，阔步青云志。清气满乾坤，神州正本根。

● 钱雨彤

菩萨蛮　中国高铁

　　初逢塞北秋天白，江南暮色停烟陌。窗外雨如飞，东西一日归。　　月台愁绪短，前路风光暖。呼啸过重山，天涯咫尺间。

● 王　凯

菩萨蛮　人类命运共同体

自从哥氏通航路，全球事务全球与。怎奈利相争，频仍明暗兵。　本来无宿敌，各国同休戚。你我共相融，人间成大同。

● 张秦铭

菩萨蛮　一带一路

汉皇丝路通西域，于今美政重开辟。凤鸟至京华，河图出邦家。　余晖及八表，万国传捷报。丰阜共腾欢，晏夷同所安。

● 杨天娇

菩萨蛮　北京冬奥会

劝君莫要催春去，京城远近邀相聚。弄雪舞西风，骋怀天地中。　剪花逢盛事，古韵融新味。海内共婵娟，激情冰梦圆。

● 宋怡心

菩萨蛮　中国梦

雅风相尚民殷盛，江容山色交辉映。逐浪起群英，负霄摩泰清。　共襄中国梦，磊磊邦家栋。礼乐启华章，缉熙涵曜光。

● 胡孝文

菩萨蛮　咏一带一路

横通欧亚丝绸路，昆仑脚下商车度。自古向西行，骞留青史名。　而今重展拓，奋力开荒漠。我辈好儿郎，再书华夏章。

雏

凤

清

声

● 张 楚

菩萨蛮　冬意

寒云冷月闲窗梦，幽池小径疏枝动。梅曲引人愁，凄风独渡舟。　　溪桥霜已白，寂影独歌夕。雪落复泥埃，何朝花遍开？

● 董 玥

菩萨蛮

雪晴云淡晨光少，黛眉懒画衾香绕。浅昼岫烟轻，暗屏娇蕊凝。　　谁家欢意远，犹自疏帘卷。梅影泣南枝，空阶逝水迟。

● 施懿城

菩萨蛮

春风不肯申城住，无端又到相逢处。但恐忆相逢，相逢远梦中。　　微吟肠断句，枉被无情误。又恨是多情，光阴一掷轻。

● 林子尧

菩萨蛮

金陵四月春光媚，碧空清澈琉璃脆。遥遥响蝉声，风柳扶岸轻。　　重帘窗半锁，寂清烟光裸。困觉浓阴中，樱桃醉酒红。

● 朱嘉雯

菩萨蛮　旅宿

琉璃瓦冷霜华重，星河渐隐流云冻。曙色似江潮，浪拍一浪高。　　晨声遮陋屋，寒日暖残烛。人起看青山，山青花欲燃。

● 龚　怡

菩萨蛮

北风乍起冬将至，层林尽染红飘地。疏影暗香浮，竹松清客留。　　玉花仍未吐，明岁鱼龙舞。辞旧待新年，阖家笑语欢。

雏

凤

清

声

霜林集叶

【周退密诗词选】

冬日漫兴

一

兹事从吾好，居贫道各殊。
诗书犹宿昔，开卷一欢娱。
腿硬难盘膝，口馋愧食鱼。
天行唯在健，垂老畏修途。

二

睡起凭窗早，疏林旭日妍。
寥天飞鸽子，绕屋几盘旋。
野远鸡声绝，人稀雀噪喧。
南荣良可爱，负曝不花钱。

五 日

绿艾青蒲不挂门，堆盘角黍古风存。
老夫别有骚情在，手折榴花荐屈原。

题了然学长西南吟草

一别沧江数十秋，老来林下共清游。
回头不觉惊风雨，莫向沧波放小舟。

看 山

山石嶙峋草木肥，攀藤打葛绿霏微。
今朝初得看山诀，静里峰峦势欲飞。

答葛渭君

匀斋志业两俱高，笺注虫鱼感二毛。
我学前人观大略，不求甚解读离骚。

杜　门

春雨连朝断往还，莺声无处不绵蛮。
知他陌上花开后，戏蝶狂蜂不自闲。

扬　州

绿杨城郭足淹留，二十四桥月正秋。
瘦到西湖浓到酒，泥人况味是扬州。

题双鸭图

春风春水满池塘，沙岸青青蒲叶香。
野鸭一双身自在，直教人唤作鸳鸯。

小园漫兴

一

幽居自比野人家，午梦醒来且试茶。
享尽玉兰脂粉气，清香吹入女贞花。

二

蝴蝶群飞栀子肥，春光别后尚依依。
恼人天气黄梅雨，一日之间数换衣。

漫　兴

一

年来日益惜春光，懒出门时愿未偿。
亟欲寻诗书所见，棠梨花放柳丝黄。

二

细雨如丝莺乱啼，郊原芳草绿萋萋。
逢春正欲开怀抱，愁见落花添作泥。

三

新将斋额署微尘，下界浑茫孰见真。
诗到会心赢一笑，攒眉人作展眉人。

读洪宪纪事诗

一

八十三朝皇帝梦，一场儿戏熟黄粱。
他年合有春秋笔，未必能如野史详。

二

垂老观书庆半途，从头到尾记曾无。
直当三百葩经读，风雨衡门夜不孤。

三

好书常耐千回读，一帙能消万古愁。
恍对名花与山水，当分别候再回眸。

读　史

劫罅全生得退藏，回思余悸尚惶惶。
身当风浪难为定，谋有阴阳岂易防。
读史未忘三字狱，治家犹好一言堂。
落花尽逐东流去，几度消沉到霸王。

己卯重阳公园即事

怀友思亲久郁陶，逢辰倍喜效登高。
荒丘径仄藤萝掩，老树枝危鹳鹊巢。
黄菊千年长寂寞，芙蓉此日正风骚。
频来觅句偕游地，甚矣吾衰得几遭。

答贻长

桂子飘香小苑中，凤仙委地胜残红。
原知小草多生意，怕听寒蛩咽露丛。
深巷时闻卖花女，一生欠作蠹书虫。
壮怀零落才情短，惟有高年似放翁。

重游宝山净寺

梵皇宫殿喜重来，万树寒梅正盛开。
五百年间留胜迹，一弹指顷现楼台。
莲花宝相瞻弥勒，法界华严度善财。
隔水红尘飞不到，虚廊惆怅日西回。

忆去春海棠诗会辄赓原韵分寄诸公

百岁光阴第几轮，海棠诗忆去年春。
曾因事绊成逋客，转以情殷获妙文。
人似古槐常病蠹，辞无曲笔可谀神。
平生只合耽枯寂，姜辣桂辛作膳珍。

次和蔡渊迪

年来废读负明灯，一任吟身付蕡腾。
虽曰圣贤可为友，定知花鸟亦吾朋。
缪悠高论掩髯笑，断烂空谈入耳憎。
桃李无言纷满目，饯春佳句属君能。

丁亥上巳

蓦觉春光三月三，数声鹈鸩我何堪。
未如人意花垂尽，徒乱情怀绿自酣。
觞咏难忘临禊贴，闭门不出效瞿昙。
此中饶有愁滋味，樱笋齐来试一参。

少年游　八六生日自寿

双星渡后几良宵，生日又明朝。雨洗尘清，风
吹暑退，秋意忽萧寥。　　酒杯抛后理诗瓢，岁月
此中消。白发青瞳，残年饱饭，老子亦天骄。

虞美人

海宁蔡渊迪以此调见示奉同博笑

残年心事谁能了，耄岁无情到。平生饱受逆来
风，一似孤帆没入海云重。　　新词付与千秋忆，
长照邮亭壁。芳菲满眼感韶华，那得白头人对故
园花。

贺新郎

次和议对博士赠言之作

乍见当头月。记年时、云軿远降，光生林樾。
忆昔沙龙曾把晤，一纸藻留鸿雪。更觍我、琼枝玉
叶。七宝楼台争涌现，聚骚坛、文献难抛撇。周柳
步，二窗辙。　　沉舟侧畔千帆灭。历风霜、崦嵫
送老，那能成佛。十大华严参未了，看破红尘透
彻。挽不住、长离轻别。落絮飞花俱过客，问何
如、栩栩蒙庄蝶。歌古调，两情切。

浣溪纱

移居安亭路一十五载，梧桐栖老，不可以无诗。

一十五年弹指过，窗前绿荫树交柯。一亭栖老
两公婆。　　除却平安无所祷，飞来鸟雀不嫌多。
人情物态两谐和。

浣溪纱

清明将近，遥念故乡，怅惘寡欢。适圆圆女士以佳什见示，
盖苏州扫墓之作也，步韵奉同，益增予凄婉之情矣。

老我楼居不出行，镇朝孤坐听禽声。扑人蝴蝶
故多情。　　劫后全无先垄在，梦中时有旧知迎。
教人感怆是清明。

浣溪纱

一

翠羽明珰共入图，才人名士杂亲疏。恍闻谈笑
出蓬庐。　　老辈情怀甘淡泊，新生力量在江湖。
轺轩使者得知无。

二

天赐长年一老翁，处为小草世能容。蛙鸣自乐
不关公。　　凡物含生皆可友，于人无害莫歼虫。
喜他夏雨与春风。

九州吟草

● **方萍霞**（浙江）

癸亥日即景

春辞百木色非灰，玉槛墙隅绛翠回。
欲纵高情期逸客，愧无好句会长材。
花间自咏莺惊看，亭阁香浮雁不来。
最是琼池怜顾我，悄然一朵小荷开。

采桑子　田野放歌

青山约我裁诗去，披上云纱，披上云纱，走近农人学采茶。　临溪照影归心晚，面似红霞，面似红霞，景色肩头背到家。

减字木兰花　乡愁

情丝缠乱，欲扯还撕终未断。叠梦难圆，一滴啼痕风不干。　魂牵桑梓，故国刻雕心坎里。别念成诗，吟到纱窗斜月时。

● **王为民**（浙江）

感受初夏

燕舞莺歌漏月天，草青柳绿碧田阡。
淫淫锦雨朦千谷，股股溪涓汇百川。
荷叶飘悠湖上艳，昙花酣放院中鲜。
阳春似水匆匆过，初夏柔情暖意先。

自 勉

弃车徒步助安眠，欲望心无少挂牵。
淡饭充饥躯可壮，粗茶消渴体能便。
谈恩说爱良缘结，论义言情美景联。
莫道眼前湖水浅，桃源胜地在身边。

● **宓彰安**（江西）

已亥端午二首

待 雨
学舌装骚秀壮怀，读诗不若读聊斋。
忽来夏雨珠千万，半洗凡心半洗霾。

斯 节
斯节闲人吊屈忙，热风频送克隆章。
汨罗水上闻轻语，包粽犹分肉与糖。

● **廖志斌**（江西）

咏火柴

微微柴棒一头红，故事听来总动容。
我愿充当如豆火，为孩取暖度寒冬。

咏蜘蛛

一生独爱占高楼，织网拉丝有远谋。
空隙明知多陷阱，虫儿偏往此间投。

咏 荷

蜻蜓点蕾笑迎风，雨润莲池逐日红。
身陷污泥尘不染，是非之地识英雄。

月季花

一生不辍四时风，练达多姿卓越功。
月月花开神采尽，天天蝶舞景无穷。
敢和国色争妍丽，堪与玫香夺俊雄。
笃志修行成大道，芳容凝露坠诗丛。

小 满

物候潜移未相商，世间万类各循章。
桑蚕安适谈饥饱，麦穗遵时说灌浆。
苦菜荒郊正鲜嫩，稻秧水中待还阳。
风和雨沛生机发，夏意渐浓日影长。

● 薛俊东（山东）

石榴花

群芳斗艳闹瑶台，谢了春花看我开。
裙下何期君拜倒，韶光误尽怨谁来。

桃 花

轻佻尽道粉腮容，世俗微辞有失公。
我显娇姿非斗艳，痴情只为嫁东风。

母亲节感恩婶母

离魂痴绕小村庄，卅载春晖孰可偿。
乳燕学飞心未远，慈乌反哺意何长。
欢承菽水膝前乐，泪湿莱衣梦里香。
白发衰亲应念我，家山不见断人肠。

父早逝母改嫁，婶母待我视如己出。

上

海

诗

词

172

● 高怀柱（山东）

建筑工

日晒风吹汗水浇，生涯一把砌墙刀。
哪堪手上高楼起，却羡衔泥燕筑巢。

打工别

一

月色还留地上霜，醒时妻已在厨房。
端来一碗荷包面，却见回头抹泪光。

二

北里鸡鸣声入窗，风吹尚带几丝凉。
临行又到床头看，难舍娇儿梦呓香。

● 周吟钟（湖南）

题晓阳村黄桃

始为青涩绣金袍，叶下丰盈逐梦高。
但有涎香馋圣府，天猴未必劫蟠桃。

题灯明村艾叶

惯从风叶谛和音，不艳椒兰抱碧吟。
纵被离骚讥秽木，只缄荼苦慰民心。

● 吴秀范（黑龙江）

园

花草缘何有序开？邻家翁媪手亲栽。
春从指上才流去，夏带馨香踏梦来。

九

州

吟

草

173

柳　絮

飘如云絮落如棉，杨柳飞花六月天。
才下高枝随客步，又因风起越山巅。

临江仙　归乡

艾草沟边常见，杨林环抱山村。青苗天际接浮云。虽无红点缀，却有绿精神。　　垄上难寻旧梦，炊烟犹系乡魂。这方故土最情真。相携双姊妹，话到月黄昏。

● 谢忠美（内蒙古）

初　夏

南岭铺新锦，西园入画图。
牡丹幽径绽，凫鸭暖池趋。
树色观浓淡，烟波向有无。
欣然游兴好，攫韵醉心壶。

同　行

正是芳菲遍野时，繁华满目惹深思。
松州地界寻相似，雅集群中解未知。
对酒抒怀由梦醉，推心置腹任神驰。
有缘修得金兰结，共向疏篱觅小诗。

鹧鸪天　老来乐

似箭光阴渐渐无，晨昏幸有好诗书。行篇两两情相近，携友三三影不孤。　　寻志趣，远江湖，沽来素墨绘心图。耕云钓月余年事，共与芝兰酒一壶。

云间遗音

【王退斋诗选】

秋柳　步王渔洋韵

四十八年前曾作是题，未免绮思悱恻，今老矣，不能用也。
壬子秋日。

金风飒爽㟃吟魂，秋老柴桑处士门。
眼底真宜娱晚景，眉端渐觉染霜痕。
逢迎早谢青云路，摇落深居黄叶村。
走马章台回首处，旧游如梦漫重论。

饱经风雨历星霜，剩得长条拂野塘。
抽尽金丝盈万缕，抛残粉絮满千箱。
自怜弱质先凋顾，羞说清姿旧姓王。
不羡灵和移植处，长甘寂寞永丰坊。

临风无复舞春衣，送往迎来事已非。
瘦尽沈腰难再折，青垂阮眼未全稀。
穿梭老去莺声杳，系帛归来雁字飞。
一自长亭离别后，天涯游子久相违。

树犹如此绝堪怜，林下风来弄晚烟。
袅娜更无畴昔态，轻狂脱尽旧时绵。
荣枯已分随朝露，萧瑟何曾感暮年？
莫道婆娑生意尽，风光无限夕阳边。

忆梅

壬子岁暮购梅不得，因忆所怀。七绝八首录四。
（一九七二年）

江南客子昔无家，梦里相逢萼绿华。
淡粉轻烟清欲绝，罗浮山下月横斜。

上

海

诗

词

冰姿雪貌绝丰神，曾共寒窗日夕亲。
坐挹清芬餐秀色，浓桃艳李总成尘。

江上烟尘久郁森，南枝消息十年沉。
春风又绿江南岸，闻道香消悴我心。

月地云阶易断肠，几曾百遍逐空香。
芳魂缥缈知何处，消息何曾入梦乡。

"月地"句，借陆游咏梅句；"几曾"句，黄仲则诗："细逐空香百遍行。"

落花诗

七律十五首和梁溪钱释云吟丈韵
钱老为南社社员。录十。

廿四番风着意催，百花纷谢总堪哀。
芬芳万朵从兹尽，灿烂千林忆昔栽。
竟坠下流随浊秽，曾开上苑望崔嵬。
韶光百六难回首，剩有残红点翠苔。

绝似仙娥解佩环，九天珠玉雨潺潺。
绿珠殉节曾无怨，紫玉升仙去不还。
有泪只缘经夜雨，无言独自下春山。
怪他青帝无情甚，堕溷飘菌总不关。

封夷含妒苦相猜，竟使明妃去紫台。
残艳绝怜鹃血染，余香犹逐马蹄来。
风蹂雨躏奚堪问，地老天荒大可哀。
记得昨宵红烛照，可怜蜡炬已成灰。

青春可驻本无多，肠断秋娘一曲歌。
贴地艳如铺锦褥，飞天绮似撒云罗。
朱颜欲改谁能阻，弱质先凋可奈何。
到死不知颜色恨，残妆犹自觉娥娥。

关山飘泊事长征，历尽风尘蜀道平。
偶尔乘风虽有势，萧然堕地一无声。
愁闻暮雨吴娘曲，怕听琵琶商妇行。
自古红颜多薄命，文君何必怨长卿。

岂有名香可返魂，子规啼血遍荒村。
无边光景须臾逝，大块文章几许存。
粉褪脂残犹绝色，烟销雨歇剩啼痕。
宜春苑里繁华歇，草长苔生深闭门。

潇潇一夜雨兼风，万紫千红转眼空。
委命已随朝露没，余生犹恋夕晖红。
洛阳会里曾相见，金谷园中几度逢。
太息真花容易落，长春祇在画图中。

芳魂渺渺苦难招，怅望情天竟暮朝。
留得埋香青冢杳，空余吊影日轮高。
春风欲断恩难舍，晓露犹承泪不消。
欲斩情丝除业障，却从何处借并刀。

美酒难消万古愁，春残花落水东流。
有香有色须当惜，倾国倾城总合休。
帘外飘残红雨黯，天涯望断绿阴稠。
待看来岁春重到，红紫依然千万头。

惜花人老立花前，折得残枝忆少年。
欲去难留嗟绮梦，从来易散是琼筵。
风吹芜叶珊珊响，露滴残英颗颗圆。
拾取盈筐明日卖，料应难值酒家钱。

古藤行 七古五十一句

上海闵行镇昆汤路之东有古藤一株，年代久远，友人谢冷梅执教于斯，导往观之，见其根干壮伟，枝叶繁茂姿态优美，生气盎然。惜旁无碑志可考，据称地方当道已重视，将兴建亭园以彰之，属为诗纪之。

闵行之郊有古藤，根如虎踞干龙腾。

枝若虬蛇绕环绳，叶似松楸不凋零。

其气磅礴势嶙嶒，任尔风霜雨雪之侵凌。

泰然自若全其真。

若问此藤年几何，或云炎汉或孙吴。

或谓六代或隋初，乡人父老言各殊。

惜我未曾稽志书，亦无碑志供观摩。

姑妄听之姑信诸。

不论汉吴与六代，千年神物应无怪。

历尽兴亡几代谢，刀兵水火迭相害。

饱经忧患今犹在。

岂缘呵护有神灵，岂缘解惜有其人。

清风明月长相亲，荒榛蔓草自为邻。

只为此身非有用，不为世人所器重。

樵之不能供爨薪，伐之不能作梁栋。

幸以不材得天年，夷然生长道路边。

春秋纵有花枝发，岂如秾桃艳李之鲜妍。

自喜质贱身顽健，风欺雪虐初无畏。

任彼天灾人祸多奇变，终见河清与海晏。

新天雨露喜亲承，晚景婆娑堪爱恋。

行人过此每延伫，俛仰留连不能去。

或谋立碑更建亭，文物表彰名斯着。

我谓此举实无需，盛名之下实难符。

国中宝物自古多，弃如敝屣委丘墟。

任其泯灭荡无余，幸得珍视者几何。

呜呼区区一藤何足宝，已幸安全得完好。

余生不作非分求，秋月春花自终老。

云

间

遗

音

咏绿梅

庚午孟春与文史馆同人赴邓尉探梅，见绿梅一株，同人嘱咏之。

寻春邓尉访山家，恍遇仙人萼绿华。
螺黛轻描眉样浅，翠翘横插鬓丝斜。
却嫌绛树姿容俗，休道琼仙玉貌佳。
别有丰神描不似，罗浮山色碧云遮。

题画竹

潇洒临风三五枝，不挠不屈挺贞姿。
生来直节称君子，老尚虚心是我师。
在地绿阴晴似雨，行天赤日午难知。
风吹叶叶声声响，疑是千军万马驰。

题自绘渔父图　　七绝二首

欲为王佐真欺世，希作客星亦盗名。
姓字何须污史册，一竿便可了吾身。

终老江湖一钓竿，祇今何事说严滩。
当时不把羊裘着，那得由人另眼看。

题渔樵耕读四幅　　七绝四首

一九四一年泰城易帜后

渔

何处仙源可避秦，笔端写出武陵春。
桃花两岸红如锦，肯许渔郎再问津。

樵

秋光点染烂柯山，红叶萧疏夕照殷。
樵罢倘逢观弈事，劝君暂莫返人间。

耕

牵牛洗耳水之滨，避世何当作逸民。
我亦有田图画里，也思去学许巢身。

读

莫道君胸拥百城，了无一用是书生。
古今几辈儒冠误，翻恨秦燔烧未清。

题自绘红楼梦故事画册　七律十首

一九七九年十二月中旬，应南京鼓楼公园园长靳潜先生之
征求，至八〇年一月底绘成十幅，各系七律一首，寄往参加元旦
展览。

元春归宁

淑妃生长自名门，贵甚弥怀罔极恩。
礼重归宁筹盛典，情殷孺慕簌啼痕。
亭台题咏夸才藻，灯火繁华撼梦魂。
凤辇重来更何日，林花闲煞大观园。

探春结社

闺中慕雅结诗盟，姐妹联翩尽列名。
欲与须眉争一席，遂邀巾帼聚群英。
风追莲社吟情溢，迹绍兰亭雅集成。
秋爽斋中争击钵，海棠花下竞飞觥。

"欲与"句，探春发起诗社请柬中语。

菊花诗会

金风送爽菊花开，共赏名花骋雅怀。
刻限焚香催急就，苦思绘影费斟裁。
黄花有幸邀真赏，红粉多情尽美才。
毕竟潇湘异凡响，噙香一语独占魁。

芦雪庭联句

北风一夜雪花飘，芦雪庭前诗兴豪。
天雨晶花飞粉絮，地铺玉屑盖琼瑶。
珠联璧合天工巧，素裹银妆色相娇。
试问谢庭吟絮女，何如此际比才高。

四美钓鱼

俯槛观鱼意自闲，临渊生羡试垂竿。
锦鳞容与知渠乐，香饵浮沉欲钓难。
池上风来掀翠袖，波中泡起粲朱颜。
是谁投石飞来急，惊起游鱼去不还。

黛玉葬花

落花犹似葬花人，一样红颜薄命身。
无可奈何春欲去，谁能遣此泪难禁。
忍看艳质埋黄土，为赋哀词悴素心。
听到无声肠断处，有人掩面欲沾巾。

宝钗扑蝶

满园红紫竞芳菲，蛱蝶寻芳绕院飞。
绣翼翩跹旋上下，轻纨摇曳逐参差。
蝶沾晓露凝香粉，人立春风舞画衣。
庭院深深人语细，隔帘遥听是耶非。

湘云眠芍

美人既醉意醺然，小坐花阴便欲眠。
酒味肌香浑不辨，花光人面共争妍。
轻舒玉臂遗纨扇，斜压云鬟坠翠钿。
正是睡乡滋味美，漫烧高烛照婵娟。

惜春作画

娇怜最小事丹青，天赋聪明自性灵。
欲使名园春永驻，爱施彩笔色常新。
楼台金碧经营密，木石清华绘制精。
百亩园林成缩影，画图一幅具雏形。

宝琴立雪

琉璃世界缀琼瑶，衬得红颜分外娇。
境似瑶台连阆苑，人如仙子下层霄。
手中花绽珊瑚朵，身上衣披孔雀毛。
羡煞满园诸姐妹，输他风致忒妖娆。

晴雯补裘

强扶病体事针神，为感多情贤主人。
裘号雀金原可贵，情如燕玉更堪珍。
因怜风雪寒侵骨，不惜疲羸病在身。
妙手补成无迹象，芳心寄处益增温。

题自绘梅兰芳先生像

一九八四年泰州市为举行梅先生诞辰九十周年纪念活动，征求绘像，此像藏于泰州市博物馆。

缅怀行谊溯平生，姓字堪增邑乘荣。
大节凛然居国难，高风卓尔重乡评。
梨园一代尊山斗，梓里千秋仰典型。
安得黄金供铸像，聊持彩笔为图形。

长 歌

"九一八"事变发生，中央电令守军不抵抗，不数月东北大片土地沦陷。时东北军统帅方在北平与电影明星胡蝶跳舞，马君武有诗云："赵四风流朱五狂，翩翩胡蝶正当行。温柔乡是英雄冢，那管东师入沈阳。"有人作《胡蝶曲》咏之，有"销尽江南十万魂"句，同学某嘱演为长歌纪之。

胡蝶翩翩舒绣翼，飞遍江南又冀北。
艳质天生世鲜俦，人间争欲亲颜色。
销尽江南十万魂，又摧冀北三千魄。
北门锁钥寄干城，年少风流慕倾国。
闻道名姝莅旧都，爰驱宝马兼程入。
十里香尘夹道铺，两行箫鼓沿途列。
将军慕艳早倾心，往日闻名今面识。
狂寇东来岂足忧，美人一见殊难得。
美人家住水云乡，生小娇怜罗绮香。
冰雪聪明钟碧玉，江山灵秀毓红妆。
脸涡浅浅芙蓉晕，眉黛深深柳叶长。
玉貌已堪称绝代，珠喉况复擅当行。
停云堕月歌声曼，翥凤回鸾舞态详。
艺重瑶台名第一，影呈银幕誉无双。
声容并擅无双誉，早向银帱推独步。
尊号荣膺皇后称，芳姿直使姮娥妒。
人间脂粉俱蒿莱，天上婵娟亦尘土。
四海争传姓字扬，五洲竞播声名着。
声名远向寰中播，色艺允宜天下选。
为国争光借美人，星轺出使云程远。
折冲樽俎任弥隆，载誉归来名益显。
名显五洲昭四海，人人争欲瞻风采。
倩影流传遍里闾，芳踪到处倾朝野。
沈阳鼙鼓揭天来，盛会欢迎殊未懈。
五千貂锦宴佳人，百万貔貅寻主帅。
主帅辽东擅开府，任重封疆司守土。
幸叨余荫受荣封，年少宁知创业苦。

上

海

诗

词

衔哀未报戴天仇，快意惟耽交际舞。
舞伴如云看不足，腰肢如柳颜如玉。
环肥燕瘦总堪怜，争及此娃荡魂魄。
华灯隐隐闪霓虹，俪影双双舞鹲鸽。
伴奏琴声袅袅扬，惊心烽火熊熊烛。
一曲霓裳舞未终，三千羽檄无心瞩。
酒绿灯红未尽情，国仇家恨无须复。
中枢有敕休用兵，莫怪将军徒误国。

"为国"二句，曾与梅兰芳同赴欧出席国际电影戏剧会议。

【评】从《长恨歌》、《圆圆曲》脱胎而出，对比紧密，词锋犀利，结句点出主旨，非泛泛记事之作也。

观

鱼

解

牛

毛泽东诗词的美学光辉

● 吴欢章

横空出世的毛泽东诗词，堪称是一座现代美学精神的丰碑。我们要创制中国特色的社会主义文学，应该传承和弘扬中华美学精神。时代不同了，传承中必须有创造，只有创新才能真正弘扬。正是在这方面，毛泽东的诗词创作给我们提供了一个辉煌的典范。

毛泽东诗词美学精神的创造性转化

对审美对象的创造性转换，构成毛泽东诗词美学精神的一个重要内容。应该说，富有人民性是中华美学精神固有的一面，孔子的有教无类，孟子的民贵君轻，屈原的批判君恶，司马迁的颂扬反抗，这类文化观念反映到美学思想上，就形成了文学艺术上绵延不绝的民主性倾向和人民性传统。我国古代进步的诗人，大都在创作上表现出同情人民的倾向。屈原的"长太息以掩涕兮，哀民生之多艰。……怨灵修之浩荡兮，终不察夫民心"（《离骚》）抒发了对民生疾苦的关怀。曹操的"白骨露于野，千里无鸡鸣。生民百遗一，念之断人肠"（《蒿里行》）、王粲的"出门无所见，白骨蔽平原。路有饥妇人，抱子弃草间"（《七哀诗》）倾注着对战乱给人民带来灾祸的同情。杜甫的"朱门酒肉臭，路有冻死骨"（《自京赴奉先县咏怀五百字》）、白居易的"食饱心自若，酒酣气益振。是岁江南旱，衢州人食人"

(《轻肥》) 则是尖锐揭露了阶级对立的惊心事实。为人民鼓呼，替人民代言，构成了我国古代诗词一个可宝贵的传统。但是正如马克思所说："劳动创造了美，却使劳动者成为畸形。"(《1844 年经济学—哲学手稿》) 广大劳苦群众创造了封建社会的物质财富，推动着历史的发展，但由于他们当时是"治于人者"，受着封建统治阶级的剥削和压迫，所以他们是以被侮辱与被损害者的面貌出现于古代诗词中的。然而到了毛泽东笔下，审美对象却发生了翻天覆地的变化，这里出现的是全新的人物，展示的是一种全新的气象。毛泽东诗词可说是中国革命的史诗，活跃在他所描绘的历史舞台中央的始终是人民。他写于革命战争时期的诗词，给我们描绘了一幅风起云涌的人民战争的宏伟画卷。他笔下的人民，是具有阶级觉悟和革命斗志的人民："地主重重压迫，农民个个同仇。""红旗卷起农奴戟，黑手高悬霸主鞭。"在他笔下，武装起来的人民，具有敢于斗争，敢于胜利的英雄气概："万木霜天红烂漫，天兵怒气冲霄汉。""六月天兵征腐恶，万丈长缨要把鲲鹏缚。"在他笔下，人民的武装，不畏艰难困苦，敢于踏平世间坎坷，把革命事业推向胜利："红军不怕远征难，万水千山只等闲。""雄关漫道真如铁，而今迈步从头越。"他对人民形象的塑造，更由行动深入心灵，揭示了他们战无不胜、攻无不克的精神源泉："为有牺牲多壮志，敢教日月换新天。"毛泽东写于新中国成立以后的诗词，仍然是把人民置于社会生活的中心位置。他着重突出了人民群众作为历史主人翁的精神风貌："春风杨柳千万条，六亿神州尽舜尧。"以古代圣君来比喻新中国的人民，正是对人民群众主宰历史的高度概括。由此而引申出人民群众在社会主义建设中的伟大作用："天连五岭银锄落，地动三河铁臂摇。""洞庭波涌连天雪，长岛人歌动地诗。"正是亿万当代舜尧推动着历史继续前进。不难看出，毛泽东诗词中出现的人民，是摆脱了几千年枷锁站立起来的人民，是在共产党领导下，自觉地创造着新历史和新世界的人民，这种威武雄壮、大气磅礴的活剧，这种开天辟地、风雷激荡的画卷，历史上曾有过吗? 没有，从来没有。

毛泽东诗词对审美对象的这种创造性转化，是中华美学精神的长河中涌起的滔天巨浪，是开中国诗词前所未有之景，辟千古未拓之境对审美理想的创造性转化，也是毛泽东诗词美学精神的重要内涵。儒道互补的中华传统美学既执着现实，又注重理想，既关注社会的人伦秩序，又追求心灵的自由，既投视于有限，又放眼于无限，这种美学精神反映到文学艺术上，就形成了我国古代诗词中的现实主义和浪漫主义的潮流。许多优秀的诗人，既充满关怀现实的情感，又洋溢着追求理想的胸怀，力求在创作中把现实主义和浪漫主义结合起来。但是由于他们面对着历史的必然要求和这个要求实际上不可能实现的矛盾，因此他们的理想追求不是流于空想，便是陷入无可奈何的悲哀。屈原期望贤明的政治，最后也只能发出"路漫漫其修远兮，吾将上下而求索"的浩叹；李白追求自由的天地，结果是"抽刀断水水更流，借酒浇愁愁更愁"；杜甫向往国泰民安的图景，结果也落得个"万里悲秋常作客，百年多病独登台"。现实与理想的矛盾，一直绵延在古代诗词的吟咏之中。毛泽东批判地继承了现实主义和浪漫主义的美学传统，在新的时代条件下和新的思想基础上对审美理想进行变革，使中国诗词出现了崭新的境界。在表现革命战争时，他善于从局部看到整体，从微观展望宏观，能够表现具体战斗的普泛意义。他写红军反"围剿"斗争，"唤起工农千百万，同心干，不周山下红旗乱"，巧妙地引用一个古代传说，就提升了这场战斗那种反对整个旧世界的涵义。他写红军从汀江向长沙的进军，"百万工农齐踊跃，席卷江西直捣湘和鄂。国际悲歌歌一曲，狂飙为我从天落"，一曲国际歌，就把红军纳入全世界无产者向旧世界进军的行列。毛泽东在艰苦卓绝的革命征途中，又善于透过黑暗看到光明，化险阻为动力，化道路曲折为勇往直前的信心："踏遍青山人未老，风景这边独好。""已是悬崖百丈冰，犹有花枝俏。"毛泽东还善于从人民群众的革命实践中，激发和引申出对美好未来的愿景。他看到"洞庭波涌连天雪，长岛人歌动地诗"，因而"我欲因之梦寥廓，芙蓉国里尽朝晖"，就是自然而然的水到渠成。尤其值得注意的是，毛泽东诗词能以雄伟的气魄，超越时空的限制，打通现在和过去及未来的内在联系，以过去来激发现在的斗争勇气，以未来来引导现在的创造精神，用"数风流人物，还看今朝"的大无畏气概，去开拓"太平世界，环球同此凉热"的美好未来，这种精神气魄在《沁园春·雪》和《念奴娇·昆仑》中可谓达到极致。不难看到，毛泽东诗词所表现的现实是在理想照耀下的现实，所表现的理想是根植于现实基础之上而又符合现实发展趋势的理想，它们把革命的现实主义和革命的浪漫主义有机地结合起来。这是中国诗词中审美理想的一次飞跃，是中华美学精神的一个创造性发展。

我们知道，美是人的本质力量的对象化。随着时代的发展，人的本质力量也在发展，因而新的美被不断创造出来。现代中国是人民大解放的时代，也是思想大解放的时代。毛泽东曾经指出："自从中国人民学会了马克思主义列宁主义以后，中国人民在精神上就由被动转入了主动。"（《唯心历史观的破产》）用马克思列宁主义武装起来的中国人民，在共产党领导下，开始以主人翁的姿态登上政治舞台进行着自觉创造历史的斗争，同人民打成一片并亲身领导和参与群众革命实践的毛泽东，把人民群众这种充满自觉创造历史的思想情操吸纳到自己的诗词创作中，并且集中鲜明地表现出来，这样就在审美领域进行了传统的改造，构建起中华美学的现代精神。

毛泽东诗词美学精神的创新性发展

毛泽东诗词创造了许多新的审美形态，这是他对中华传统美学进行创造性发展的艺术成果。我们知道，"天人合一"是中华美学的一个根本观念，这反映到中国诗词创作上就是重视意象和意境的创造。所谓意象和意境，就是主体和客体，人与社会，人与自然的融合和统一。作为主观的人类积淀着历史因素的情感与心理和作为客观的社会与自然，随着时代的发展而发展，因而意象和意境也日新月异而呈现出不同的审美形态。中国古典诗词表现自然的一个审美形态，是在意象和意境的营造中讲究"静穆"之美，追求冲淡旷远的意味。这是农耕社会自然经济条件下产生的一种审美观念。而在毛泽东诗词中，则是追求一种动态美。在他的眼中，周遭是一个充满运动变化的大千世界。他描绘的南国秋色，是"鹰击长空，鱼翔浅底，万类霜天竞自由"；他抒写的北国雪景，是"山舞银蛇，原驰蜡象，欲与天公试比高"。而且毛泽东营造意象和意境还有一个特征，那就是自然与社会的运动变化往往是互相呼应的。在革命战争中，"枯木朽枝齐努力"；在建设进程中，"红雨随心翻作浪，青山着意化为桥"。值得注意的是，他所摄取的自然美，不仅是运动变化的，而且是奋发向上的，生气勃勃的，其实这恰恰是置身于革命洪流中的毛泽东那雄姿英发、挥斥方遒的革命热情的客观对应物，毛泽东诗词所创造的这种新的审美意象，是一种催人奋进的大美，是一种涵泳着时代风云的大境界。

中国传统美学由于受到儒家的影响，强调中和之美，追求温柔敦厚的艺术风格。这实际上是一种调和矛盾的观念。而到了毛泽东诗词中，却强调变革之美，追求除旧布新的审美境界。这是一种着重揭露矛盾并促使矛盾转化的观念。诸如"天若有情天亦老，人间正道是沧桑"、"金猴奋起千钧棒，玉宇澄清万里埃"等等皆是。至于他赞美"当年鏖战急，弹洞前村壁。装点此关山，今朝更好看"、"今又重阳，战地黄花分外香"也莫不是因为它们凝冻着革命战争促进生活变化的印迹。我们还应看到，毛泽东诗词中揭露矛盾并使之转化，目的乃是打破旧的平衡建立新的平衡，打破旧的秩序建立新的秩序，请看："山下山下，风展红旗如画。""六盘山上高峰，红旗漫卷西风。""须晴日，看红装素裹，分外妖娆。"革命战争开拓了新天地，大雪过后出现艳阳天，这种艺术境界，豪放中有婉约，有力度也有温度，给人带来一种刚柔相济的审美感受。

人和自然之间，也存在着矛盾的一面，因而在"天人感应"中也包含着不谐调的因素。我们知道，将时间和空间情感化，是中华美学精神也是中国诗词的一个重要特征。

让我们把中国古代诗词和毛泽东诗词在这方面的表现对比着说明一下。

中国古代诗词中对时间的情感化表达往往流露出悲凉的感叹："老冉冉其将至兮，恐修名之不立。"（屈原）"人生不满百，常怀千岁忧。"（《古诗十九首》）"对酒当歌，人生几何？譬如朝露，去日苦多。"（曹操）"前不见古人，后不见来者。念天地之悠悠，独怆然而涕下。"（陈子昂）"君不见高堂明镜悲白发，朝如青丝暮成雪。"（李白）"人事有代谢，往来成古今。"（孟浩然）"大江东去，浪淘尽，千古风流人物。"（苏轼）"可惜流年，忧愁风雨，树犹如此。"（辛弃疾）"莫等闲，白了少年头，空悲切。"（岳飞）不难看出，古代诗人面对无限的时间感到人生的有限，因而发出人生无常的悲吟，这是他们在人与自然的矛盾中所表现的一种无可奈何的心境。

毛泽东诗词对于时间的情感化，则呈示了别一番昂扬奋发的气象，表现了一种积极进取的精神："多少事，从来急；天地转，光阴迫。一万年太久，只争朝夕。""坐地日行八万里，巡天遥看一千河。""三十八年过去，弹指一挥间。可上九天揽月，可下五洋捉鳖，谈笑凯歌还。""年年后浪推前浪，江草江花处处鲜。"毛泽东对时间的艺术处理，正反映了他立于时代的潮头，尽力发掘光阴的含金量，努力实现人生价值的最大化。这是一种将人与时间的矛盾转化为和谐统一的自由境界。

我们再来比较一下中国古代诗词和毛泽东诗词对于空间情感化表现的不同境界。古代诗人面对巨大的空间，诸如高山峻岭、大海长河等等，总是用仰视的姿态来加以描绘的，譬如李白写黄河："君不见黄河之水天上来，奔流到海不复回。"（《将进酒》）写天姥山："天姥连天向天横，势拔五岳掩赤城。天台四万八千丈，对此欲倒东南倾。"（《梦游天姥吟留别》）他以敬畏的情感赞颂山河之壮美的同时，却没有相应地表现人的精神气概。这在他的《蜀道难》一诗中，表现得最为突出。他在表现蜀道的艰难险阻的时候，反复咏叹的是："蜀道之难难于上青天，使人听此凋朱颜。"

这里是以自然的险峻反衬出人的无奈，人在巨大的自然空间威压下反而显得渺小。毛泽东诗词却是以平视甚至是俯视的眼光来观察自然的巨大空间的，它在表现自然的广阔无垠的同时相应地着重表现了人的主体地位和精神力量："山，快马加鞭未下鞍，惊回首，离天三尺三。"（人比山更高）"山，刺破青天锷未残。天欲堕，赖以拄其间。"（人与山合一）"五岭逶迤腾细浪，乌蒙磅礴走泥丸。"（人比山岭更大）"天生一个仙人洞，无限风光在险峰。"（人以险为乐）"过了黄洋界，险处不须看。"（遇险不惊）凡此种种，毛泽东诗词都善于把自然的壮美转化为人的崇高，而这正是一个伟大心灵的回声。

中国古代诗人面对时空所表现的这种矛盾情感，固然也有当时生产力状况束缚了人们对自然的眼界的原因，但主要的还是当时人们在社会生活中不能掌握自己命运的深层心理的曲折反映。而毛泽东诗词中的时空表现，虽然也有现代科学技术发达的原因，不过主要还是反映了已经站立起来掌握自己命运的人民，一种新的生命意识的觉醒，一种革命热情的发扬，一种对自身力量的确信，从而使天人之间达到一种新的异质同构的艺术境界。

毛泽东的诗词创作，再一次验证了"美在创造中"的艺术真理。他用马克思主义的世界观，从中国人民创造新世界的生活斗争中摄取诗情画意，从源远流长的中国古代诗词中吸取艺术营养，对中国的传统美学，批判继承，推陈出新，创作出大量富有中国作风和中国气派的艺术精品，把中国诗词推向现代的高峰。他的诗词合目的也合规律地把真善统一起来，创造了丰富多彩的崭新的美，焕发出新时代的美学光辉。他在诗词创作中表现出来的革新勇气和艺术智慧，给我们传承和弘扬中华美学精神提供了许多值得学习和深思的宝贵经验。柳亚子曾经这样赞誉毛泽东诗词："推倒历史三千载，自铸雄伟瑰丽词。"这正是对毛泽东诗词将中华美学精神创造性转化和创新性发展的诗意表达。

诗的思想力与形式美

● 胡晓军

　　2018 年 11 月 25 日，我去青浦福寿园人文纪念馆，参加了上海诗词学会原顾问王退斋先生的诗书画图文展。退斋先生原名王均，字治平，泰州人，生于 1906 年，卒于 2003 年。因此，本次展览也作为纪念他逝世 15 周年的活动。

　　我从事上海诗词学会的工作较晚，对退斋先生其人其作，可谓一无所知。参加本次活动，自是一次用心补课的机会。听了有关演讲，读了若干文章，得知了退斋先生乃泰州世家，幼承庭训，能诗擅画，才学丰赡，长期从事教育事业，见地深远，成绩卓越，同时笔耕不辍，有诗集《退斋诗抄》《王退斋诗选》及大量文章行世。

　　读退斋先生的诗文，能感受到一位传统文人所承载的文化传统，尤在对诗的见解和主张上，最为真切和深刻。退斋先生追求诗与史、诗与教、诗与人生的高度统一，并在诗作中努力证明和大力弘扬这几对关系。他的诗坚持言志传统，精神直追高古，内容反映社会，表达直抒胸臆，其中有大量的咏史诗，通古达今、融古汇今、借古喻今、以古教今，具有强烈的社会性和时代感，焕发着乐观进取的人生观和爱国主义的正能量。至于思绪万端，意象千变，语言百炼，均在这一价值观念中运行。由于退斋先生强调诗的经世致用功能，曾在青年时代得到南社巨擘柳亚子的称赏。

　　退斋先生对诗的思想力的重视程度，远超诗的形式美。这不仅体现在诗文创作上，也突出表现在教育理念上。对青少年语文教育素材的选择，退斋先生尤注重以思想情感内容作为首要的标准，他在1960年《对上海市中小学语文教材革新委员会新编五年制中学语文课本的意见》中，对将各种体裁的古诗文都纳入教材的做法提出了批评，明确地指出："写好文章的条件，绝不只在文法词语等形式，而主要是思想内容。古人所谓文理重于词章，今人所谓思想性重于艺术性。"

　　也即用好古典文学，应避免"重形式而轻内容"的偏向，进而提出"古典文学的思想内容极为广阔，其中更有很大一部分适合于现代人民生活。我们选用古典文学作品，应该选出更重要的东西，适合青年学习需要"。具体什么是更重要和最需要的呢？退斋先生经过梳理，提出了人生观、宇宙观、哲学思想、政治主张、阶级意识、品德修养、各类思想学习工作方法等等。

　　与许多阅历丰富、经验老到的前辈一样，退斋先生能将率直真诚与智慧变通很好地统一起来。换句话说，其耿直的性情不仅因为博学善辩，而且由于应时回转而令人容易接受，甚至欣赏。他的诗作思想真诚之表达，固然不在话下，情感之运用，同样很有分寸，几无盲目出格之言。他的文章材料详实，论证周密，不但能将文史哲传统知识结构起来作判断，而且能将诗论、文论与教学、社会相联系，绝非就诗论诗、就事论事的学问家可比。其中诀窍在于，退斋先生同时秉承了"对事不对人"和"与人为善"的原则，经过思辨和经营，达到了很高的水平。仍从这篇《意见》可以看出，退斋先生在表明了以思想内容为主的原则后，便不将选择的重点放在思想内容表达较为隐晦的诗词上了。当然，其"旧体诗词都可不选"的观点值得商榷，因为旧体诗词中仍有不少令孩子们喜爱的好作品。但我认为这不是重点，重点在于退斋先生据此表示不赞成把毛诗作为中学必读教材，这在当年是很难得的。从后面的言论看，或许更有深意——他批评新课本把毛诗放在每册的第一篇，认为这样做"毫无意义"；随即又智慧地回补一笔，说当前我们主要是通过学习毛泽东的论文来学习毛泽东思想，而不是着重学习毛泽东的诗词，特别是"对毛主席表示尊敬，更不在于把他的文章放在课本的每一篇"。这几句话，彰显了一个不唯上只唯实、不跟风只守正，甚至反对个人崇拜、造神运动的意味，体现出属于当代的传统中庸思想和"知行合一"的儒家精神。

退斋先生对于诗的生发，也很广泛有力。诗书画三者同出于儒家思想的源头，互相支撑，彼此生发，形成了立体的精神格局。退斋先生有一句常被引用的话："人类因为富于复杂的思想和丰富的情感，遂产生了种种的文明，造就了有意义亦有志趣的人生。"既然文明是种种，那么艺文也是种种，只要有闲暇和余力，理应多多涉猎、学习、创作、提升，从各个侧面和层次，用各种机会和方法表达世界观、价值观和人生观。这个道理并不深奥，但既要通过各类艺文载体加以多样化的体现，也要通过社会行为加以整体化的实现，两者同时做到就并不容易了。退斋先生平生作了上万首诗和大量书画，这属于前一部分；而他的教学研究和具体实践，则属于后一部分。需要强调的是，退斋先生认为，诗书画再多再好也只是形式的好，本质和关键还是其所承载的思想内容，包括做人立身在内："垂名岂止诗书画，立世无愧天地人。"

写到此处，我的观点与退斋先生的思想应是不谋而合了。对于旧体诗词，既然以其内部的思想情感为重，那么当其外部的形式框范已不可避免地小众化和边缘化时，我们势必在旧体诗词的思想力和形式美之间作出选择。显然，应该为内容而选择形式，不应为形式而选择内容。我这么说，绝不是企图改变诗词的格律，包括平仄、用韵和对仗之类的规定性。古典诗词与旧体诗词，其复杂的思想和丰富的情感理应仍在古典的、固有的形式里阐发与生发，但在同时，我们还应从"种种文明的进步、种种文艺的发展"，看到类似"无用武之地"的"无用诗之地"所在，也

观

鱼

解

牛

即退斋先生所说的"毫无意义"的所在，从而更有意识、自觉地通过"创造性转型、创新性转化"，将诗词的内容、形式的某些部分扩大和化用到其他的主流艺文形式去，为原来只属于诗词的思想力，去寻求最大化的社会效应；为本属于诗词的形式美，去找到最多样的时代载体。在这一过程中，自然包括了做人和立身，包括了思想和才华，也包括了垂名和传世。

2019 年 1 月 6 日

上

海

诗

词

《听潮集》序

● 叶元章

观

鱼

解

牛

　　月前，吴定中兄以其历年所作诗文见示，并嘱为其结集作序。这却让我大吃一惊，一时竟不知该如何回答才好。

　　其所以如此，原因是我老了，近几年，由于精力不济，视力衰退，不得不缩小活动范围，改以休息为主。用惯了的笔，不得不随之放下。屈指算来，从五年前即从 2014 年起，就不再从事题辞作序之类了。再是，凡作序，必先通读原作，然后才能了然于胸，然后才能着眼全局，指陈得失。而这，在我确已不易做到了。凭这两条，我完全可以拒不接受这个任务的。但我最后却未能这么做，而是在反复权衡、考虑再三之后，毅然答应接受了他的委托。

　　却之则不恭，拒之则不忍。这，无疑我是有更充分理由的。其一：彼此交厚。自上世纪八十年代初诗社兴起，恢复活动，我俩就相识了。本世纪初，我回沪定居，彼此更是时相过从。相处渐久，相知渐深，一来二去，遂成莫逆；其二：我与他还占了点亲。我原籍宁波，却出生于沪郊杜行。杜行镇上有我家产业。我八岁离开杜行，以后又曾多次去杜行。杜行是我第二故乡。而吴定中兄早年却在杜行工作过，而且还成了当地的女婿。他了解杜行，他夫人见到我时，抵掌道故，有说不完的话。不是亲戚，胜似亲戚；其三：吴兄自称是职业革命者，实则是知识分子。他当过教师。他的气质更像文化人，温文尔雅，谦恭有礼，却没有老干部身上那种或多或少的优越感和习气。这尤为难得；其四：他能诗，而且数十年吟咏不废，直至年登耄耋，仍爱诗如命，勤于推敲，乐于唱酬，参与雅集，终日追陪，不遗余力，虽须发如银，仍童心不休。称之为诗人，当之无愧；其五：彼此经历相似，都是劫后余生，读他的诗自有一种亲切感从而引起共鸣。即所谓同声相应。综上所述，可见作序，他确有需要，而且一时找不到更合适的对象。而我虽老仍勉堪承担。需要和可能，两相配合，谁曰不宜。

至于他的诗稿，从时间跨度看，凡四十年，即从1978—2018。所反映的时代，乃是从十年动乱后的拨乱反正、改革开放直到党的十九大。他以一首题为《巨变四十年》的七言排律，作了概括。这合乎实际。

就诗的内容而言，虽只限于上述四十年，但作为作者，他所经历的却不仅仅止于四十年。历史不可割断，更不可抹杀。人的活动构成历史，诗怎么可以不反映历史、描写历史呢？吴定中兄经历了全国解放前从事地下革命活动的艰难困苦，也经历了全国解放后三十年间政治风暴的无情冲击。他受过不公正待遇和委屈，失去工作，甚至失去自由。所有这些，尽管难以隐讳回避，但究竟应如何描写、如何表现，却是个颇费踌躇的问题。对这个难题，我以为吴定中兄是把握得比较恰当的。丁酉之变，十年动乱，革命对象搞错，事实俱在，无需讳言。不过，诗终究是诗，它重在抒情。它不是新闻报道，更不是报告文学。诗当然要反映现实生活，描写生活，而这种反映和描写，只能运用诗的手法、诗的语言。这里有个掌握分寸问题。老干部体之不受欢迎，恰恰在于他们忘记了诗的表现手法和语言（词汇），因此很少成功。吴定中兄幸无此弊，说明对此，他很自觉。

吴定中兄诗各体皆备应有尽有。尤以排律最见功力。他亦填长短句，都婉娈可喜。他成诗约七百首，为数不少，足见勤奋。他夫妇曾长期分居，两地相思难免。这方面的作品已见者仍情辞凄恻，催人泪下。惟从总体看，数量似偏少。特别是丧妻后悼亡之作不算多。于几十年患难与共的老妻，一旦离去，或因悲痛过度，心神迷乱，一时竟难以成诗，也属正常。我自己就有过这种不幸遭遇和感受。

吴定中兄诗稿中还有少许游戏笔墨，如作于 2017 年题为《反调》的七律，是批评那些所谓流行语的，语言浅白，却不乏锋芒。展现了作者关心社会风气、敢于触及时弊的一面，惜乎为数太少。另，还有一组《集句》，将前人著作编在一起，这也是常见的一体，要在泛览的基础上做到编排得当，也不容易。

总之，吴定中兄诗的语言精炼，极见锤炼功夫。但写得多了，偶亦出现一些小疵。某些诗的结句往往偏弱，颇有些力竭贴不紧的样子。

最后愿以一首小诗结束本文："几番挥泪读君诗，婉转低回不自持。四十年来人事改，依旧情浓似昔时。"质诸吴定中兄，以为当否？

己亥岁初于沪上凯阳公寓之南窗，时年九十有八

观

鱼

解

牛

古风歌词文白混搭、无病呻吟知多少?

● 钟 菡

传承传统文化，理应先知后行。

"今夜太漫长，今两股痒痒，今人比枯叶瘦花黄""天下为公我为母，山河洞房天星烛""你的笑像一条恶犬，撞乱我心弦……"近年来古风歌曲在网络上兴起，以其意境古雅、曲调唯美深受青少年群体喜爱。但另一方面，古风歌词却往往文白混搭、词意不通、无病呻吟，受到不少诟病，且有误人子弟之嫌。当下，怎么看待这些古风歌的流行? 学者认为，我们对于传承传统文化在坚持创造性转化和创新性发展的同时，也要先知后行，知行合一。

古风不能只是"看上去很美"

"古风"原本指一种诗歌体裁，通常相对于近体格律诗而言。如今，一种新型的"古风"音乐正在网络上流行开来，通常要求歌词古典雅致、措辞整齐，具有传统美感。为了追求古典意境，不少古风歌都会引用或者化用古代诗文、词句，但在使用中却往往张冠李戴、断章取义，导致语意不通、不伦不类。比如《离人愁》中，"今人比枯叶瘦花黄"显然化用了李清照的"人比黄花瘦"，但为了押韵改成"人比瘦花黄"就令人难以理解。出自《国家宝藏》的《仙才叹》同样有这个问题。为了押韵，歌词将"明眸善睐"截断成"明眸善"，闭月羞花之颜直接缩写为"云月羞颜"，声韵是和谐了，意思却令人丈二和尚摸不着头脑。

许多歌词缺乏逻辑，成为作者个人的无病呻吟。比如《盗将行》曾被某大学教授怒怼"狗屁不通"，其中"你的笑像一条恶犬，撞乱了我心弦"尤为引发热议。游小仙是位资深古风乐迷，她发现，许多古风歌不顾歌词的前后联系，找几个有古韵的词就往旋律上随意拼凑，为古风而古风。"像《红昭愿》这首歌中有一句词，'轰烈流沙枕上白发'，你很难想象这些词能被拼凑成一句话，就跟雨伞书包口红房间一样，不知所云。"

"很多作品用词生硬、文白驳杂，语病明显，而且，许多作品存在内容导向性问题。"诗词专家、上海楹联学会副会长胡中行指出，能否写出古意，和作者本身的古典文化修养有很大关系，在创作前，必须先把基础知识吃透。"从这些创作来看，作者显然对古诗词有些误解，选的大都是颓废、晦涩的一面，有些甚至不够健康。其实古诗词并不只有才子佳人，离愁闺怨，比如唐代诗歌题材丰富，边塞、征战都可以入诗，主要风格更是慷慨、昂扬、豪迈的，创作古风歌词，应该多开发古代明朗、向上、有正能量的内容。"

"这些作品看上去很美，乍一看好像很唬人，但经不起推敲。"上海诗词学会会长、上海文艺评论家协会副主席兼秘书长胡晓军认为，许多古风歌词没有确定主题，不知所云，容易形成新的形式主义倾向。而且，许多作品出现了一味地宣泄，甚至低俗、媚俗的内容，不符合传统诗词的创作理念，也违背了中华传统文化对诗词哀而不伤、怨而不怒的美感要求。"我们对传统文化应该先知后行，达到知行合一。这些创作者们要不断研究古诗词和传统文化的精髓所在，吸收运用于当下。"

记诵、传播古诗词，音乐大有裨益

古诗词在诞生之初，都是可以演唱的，古诗词和现代音乐也并不矛盾。比如邓丽君在1983年所推出的专辑《淡淡幽情》中，所收录的歌曲都是根据古诗词重新谱曲演唱的作品，其中改编自李煜《相见欢》的《独上西楼》和改编自苏轼《水调歌头》的《但愿人长久》尤为流传。许多琼瑶影视剧主题曲的歌词也对古诗词有很好的化用，比如《一帘幽梦》《梅花三弄》等歌曲文辞典雅，古意盎然，对于古诗词的传播也起到了积极作用。

"用唱的方式，对于记诵古诗词会有很大帮助，曲调优美也会帮助歌词的普及。"胡中行认为，相比创作"古为今用"的古风歌词，也许为古诗词谱曲的意义更大。"古诗词需要传唱来普及，对曲调的要求也会比较高，古风歌曲的创作者们应至少分一部分精力在古诗词谱曲上面。"

另一方面，诗与乐原本就密不可分。胡晓军指出，当代古典诗词创作的致命伤和成为小众的原因之一就是和音乐完全脱节。"古人写诗都要适合吟唱，诗和音乐是浑然一体的，宋词更是离不开音乐。不懂唱，不会谱曲，使得当代旧体诗词创作举步维艰。"他认为，"古风"音乐创作者提出的把音乐和诗词结合起来是很好的事情，在创作中，不妨多听取专家的意见，在文学性和音乐性结合上下功夫，不断打磨出精品。

上海诗词群体有低龄化倾向

尽管古风歌词创作有混乱、粗浅的一面，专家也同时看到，当下年轻人已经不像过去一样崇洋媚外，只追逐西方流行，而是自觉以古典意境、词汇抒发当代人的情感。

"现在年轻人参与的古典诗词活动越来越多，但大都停留在背诵、知识竞赛等层面，尚未实现创造性转化和创新性发展。"胡晓军认为，从古风歌的流行中可以看出青少年创新古典诗词传播样式的端倪，但创新不能一蹴而就，需要在鼓励、提倡的同时加以引导。

胡中行发现，上海的诗词群体正出现低龄化倾向，他在某所中学开设诗词课程时，预备班的学生报名特别多。一些中小学的诗社活跃，也会组织类似的诗歌演唱活动。这些在起步阶段就接触到正宗诗词教育的孩子，和已经进入高中阶段的孩子们相比，对诗词的兴趣和欣赏、创作水平有着明显区别。"青少年的诗词热和几年来诗词大会的提倡有关系。而且随着全国对传统文化的提倡和大语文概念的引进，古典文学在中小学教学中的比重越来越大，上海已经形成了浓厚的诗词文化氛围，也有很多好苗子露出来。"他相信，随着这一代青少年的成长，新一代的古风歌曲作品会比现在更好、更成熟。

观

鱼

解

牛

图书在版编目（CIP）数据

上海诗词．2019．第1卷：总第19卷／上海诗词学
会编．—— 上海：上海三联书店，2019.9
ISBN 978-7-5426-6709-0

Ⅰ.① 上… Ⅱ.① 上… Ⅲ.① 诗词 – 作品集 – 中国 –
当代 Ⅳ. ① I227

中国版本图书馆 CIP 数据核字（2019）第 108852 号

上海诗词

名誉主编 / 褚水敖
主　　编 / 胡晓军
编　　者 / 上海诗词学会

责任编辑 / 方　舟
特约审读 / 周大成
装帧设计 / 鼎　右
监　　制 / 姚　军
责任校对 / 张大伟
校　　对 / 莲　子
统　　筹 / 7312 · 舟父图书传媒工作室

出版发行 / 上海三联书店
　　　　（200030）中国上海市漕溪北路 331 号 A 座 6 楼
邮购电话 / 021-22895540
印　　刷 / 上海肖华印务有限公司

版　　次 / 2019 年 9 月第 1 版
印　　次 / 2019 年 9 月第 1 次印刷
开　　本 / 787 × 1092　1/16
字　　数 / 250 千字
印　　张 / 13.75
书　　号 / ISBN 978-7-5426-6709-0/ I · 1525
定　　价 / 36 .00 元

敬启读者，如发现有书有印装质量问题，请与印刷厂联系 021-66012351